Cicatrices Y Gracia

Mi Gracia es Suficiente para Ti

Job Meza

Cicatrices Y Gracia: Mi Gracia es Suficiente para Ti

Copyright © 2025 Job Meza

ISBN: 9798990780163

Dedicacion

Para todos aquellos que alguna vez se han sentido diferentes.

TABLE OF CONTENTS

Dedicacion iii

Table of Contents iv

La Primera Cicatriz 1

Sombras Y Miradas 7

La Melodia Perdida 14

Las Expectativas De Un Padre 21

El Camino A La Graduación 28

Los Cruces de Camino 35

Nuevos Comienzos 42

Encontrando el Equilibrio 49

Un Nuevo Capítulo Comienza 57

El Viaje Del Amor 66

Construyendo Un Legado 71

Cicatrices Que Brillan 78

La Fuerza En La Redencion 84

Un Legado de Gracia 91

El Corazón De Un Maestro 98

La Redencion De Un Padre 105

Sueños Reavivados Y Corazones Alineados 114

La Primera Cicatriz

Oseas nació en un mundo lleno de amor, pero también de juicio. Desde el momento en que tomó su primer aliento, la habitación se llenó de alegría y, al mismo tiempo, de una silenciosa aprehensión. Su madre, Isabel, sonrió entre lágrimas al sostener a su hijo recién nacido por primera vez. Pero hubo un leve titubeo en su sonrisa cuando vio la hendidura, una delgada línea que recorría su labio hasta su nariz.

Había orado por un hijo sano, y Óseas lo era: un hermoso y diminuto milagro de vida. Pero la cicatriz que llevaba, apenas unos minutos después de haber nacido, modelaría su camino de maneras que ni ella ni nadie podían prever. Su corazón se llenó de amor, determinación y un leve temor. Isabel besó su frente con suavidad y susurró:

—Dios tiene un plan para ti, mi amor. Un gran plan.

Su padre, Héctor, se mantuvo al margen, en silencio. Había esperado la perfección—fuerte y orgulloso, como siempre había sido la familia Ramírez. En cambio, su hijo llevaba una marca que Héctor no comprendía. Le ofreció a Isabel una sonrisa tensa, pero algo en su mirada cambió. No era la abrumadora alegría que Isabel había esperado. Y esa diferencia—el espacio silencioso entre cómo cada uno de sus padres lo veía—fue algo que Oseas sentiría por el resto de su vida.

A medida que crecía, Óseas aprendió temprano que el mundo lo veía de manera distinta. La hendidura en su labio atraía miradas dondequiera que iba. Los niños en la escuela, que aún no comprenden el peso de sus palabras, hacían bromas crueles. "Labio partido", lo llamaban. "Chico cicatriz". Para ellos era divertido, pero para Óseas, cada palabra era como una pequeña puñalada.

La familia de su madre, los Gómez, lo envolvía en amor. Para ellos, era perfecto en todos los sentidos que realmente importaban. Sus primos jugaban con él sin dudarlo, su tía le preparaba sus comidas favoritas y su abuela siempre le decía:

—Eres un niño fuerte, Óseas. Fuerte como tu mamá.

Era como si no vieran la cicatriz.

Pero la familia Ramírez —la familia de su padre— era diferente. Miradas frías y silencios incómodos se volvieron la norma en sus reuniones. Sus tíos eran distantes, y sus primos lo evitaban, como si fuera algo de lo que avergonzarse. Héctor nunca dijo que estaba decepcionado, pero Oseas podía sentirlo en la forma en que su familia paterna hablaba, en las expectativas que pesaban sobre él incluso cuando era niño. La familia de su padre exigía fuerza, no sensibilidad. Oseas creció dividido entre querer demostrarse y querer desaparecer.

El piano se convirtió en su primer refugio. A los once años, encontró consuelo en el viejo piano de la iglesia de su madre. El instrumento gastado se convirtió en su santuario. Cada tecla presionada, cada nota tocada, era como un respiro de libertad. No era el chico con una cicatriz cuando tocaba. Solo era Oseas, perdido en el ritmo y la melodía.

Su madre lo notó. Isabel siempre lo notaba. Veía cómo se iluminaba su rostro cuando se sentaba al piano, cómo sus hombros se relajaban, cómo la tensión que cargaba se disipaba. Así que organizó clases de piano con uno de los músicos de la iglesia. Durante los siguientes años, la música se convirtió en su mundo. Practicaba con devoción, vertiendo en las teclas cada pizca de frustración y dolor. Cuando el mundo exterior era cruel, el piano siempre era indulgente.

Pero, como todo en la vida, ese refugio no duró para siempre. A medida que Oseas crecía, la influencia de su padre se hacía más difícil de ignorar. Héctor tenía poca paciencia para su música.

—El piano es un pasatiempo —le dijo un día, cuando Oseas tenía dieciséis años, su voz firme—. Tienes que concentrarte en cosas de verdad. Pronto serás un hombre. Empieza a actuar como uno.

A regañadientes, Óseas dejó de tocar. La música que una vez llenó su pequeña casa se desvaneció, y por un tiempo, se permitió creer que tal vez su padre tenía razón. Tal vez la música no era lo que debía hacer. Pero el llamado del piano nunca lo abandonó del todo.

Un domingo, no mucho después del ultimátum de su padre, Oseas se quedó en la iglesia después del servicio, su mirada perdida en el piano en la esquina del salón. Habían pasado meses desde la última vez que tocó las teclas, pero sus dedos aún ansiaban hacerlo. Dobló los puños, indeciso, cuando escuchó una voz suave detrás de él.

—Recuerdo cuando solías tocar después de los servicios —dijo Ivelisse, la hija del pastor. Sonrió, sus ojos marrones cálidos y amables—. Eras muy bueno. Deberías volver a hacerlo.

Oseas nunca se había fijado realmente en ella antes. Claro, la había visto desde la distancia, siempre educada y amable con todos. Pero en ese momento, tan cerca de él, ella era más que la hija del pastor. Era alguien que lo veía. Alguien que lo recordaba antes de que dejara de tocar.

Le devolvió la sonrisa, una sonrisa pequeña y genuina que no había mostrado en mucho tiempo.

—Tal vez lo haga —dijo en voz baja, aunque en su interior no estaba seguro.

Pero sus palabras se quedaron con él. Y así, algo dentro de él cambió.

La cicatriz en su labio siempre había estado ahí, visible para el mundo, pero ahora, por primera vez, Óseas comenzaba a verse a sí mismo más allá de ella. Y con Ivelisse a su lado, empezó a creer que su historia apenas comenzaba.

Sombras Y Miradas

Óseas se paró al borde del patio de la escuela, con su mochila colgada de un solo hombro, observando los grupos de niños que reían y conversaban. No es que no tuviera amigos—los tenía, algunos pocos—pero siempre sentía que existía en la periferia de su mundo. Incluso cuando estaba en medio de una conversación, sentía que permanecía al margen. Era la cicatriz. Siempre volvía a la cicatriz.

Ese día, como la mayoría de los días, los susurros lo siguieron mientras caminaba por los pasillos. Se había acostumbrado a ellos, aunque la punzada nunca desaparecía del todo. Desde el rabillo del ojo, vio a un grupo de chicos mirándolo. No dijeron nada esta vez, pero sus risitas fueron suficientes para hacer que apurara el paso.

Sus pensamientos divagan, como solían hacerlo, hacia Ivelisse. Había algo en ella que hacía que todo lo demás se desvaneciera. Se habían acercado mucho últimamente, y cada vez que hablaban después de la iglesia, sentía que estaba en una burbuja de paz en medio del caos de su vida. Ella no veía la cicatriz como todos los demás. Con ella, no era "Labio partido" ni "Chico cicatriz". Solo era Oseas.

Pero incluso mientras sus sentimientos por Ivelisse crecían, las sombras en su vida parecían volverse más densas. La escuela era una batalla diaria. Los niños, con su crueldad inconsciente, sabían exactamente cómo encontrar sus puntos débiles, y Óseas a menudo sentía que vivía en modo de supervivencia, solo tratando de pasar desapercibido cada día.

Entró en el aula y se deslizó en su asiento habitual en la parte trasera. Su profesor de matemáticas, el Sr. Rodríguez, ya estaba escribiendo en la pizarra, ajeno a la tensión que recorría la sala cada vez que Oseas entraba. Los susurros habían cesado, pero habían dejado una marca invisible en él, una que hacía difícil concentrarse en los números frente a él. Su mente vagó, pensando en el piano.

Habían pasado meses desde que su padre le dijo que dejara de tocar y se concentrará en "trabajo real". Pero lo extrañaba—la sensación de sus dedos deslizándose sobre las teclas, la forma en que la música llenaba el aire. Tocar lo hacía sentir completo, como si estuviera destinado a algo más. Y ahora, con Ivelisse animandole nuevamente, la tentación de regresar cra más fuerte que nunca.

El timbre sonó, sacándolo de sus pensamientos. Mientras recogía sus cosas, una voz lo llamó desde el otro lado del aula.

—¡Hey, Cara Cortada!

Era Marcos, uno de los chicos que nunca le dejaban olvidar sus diferencias. Óseas no reaccionó. Había aprendido que responder solo empeoraba las cosas. Pero por dentro, sintió ese ardor familiar, el que nunca desaparecía del todo.

Se apresuró a salir del aula, su corazón latiendo con fuerza. Quería gritar, pelear, defenderse—pero ¿de qué serviría? En su lugar, se dirigió a su próxima clase, intentando sumergirse en su propio mundo, tratando de alejar los insultos. Pero se aferraban a él como una sombra.

Después de la escuela, Óseas caminó a casa con la cabeza baja. Sus pasos resonaban en las calles vacías, y por un momento, el mundo parecía detenerse. La casa de la familia Ramírez se alzaba en la distancia, su fachada de ladrillos rojos tan imponente como las expectativas de su padre.

Dentro, la casa estaba silenciosa. Su padre probablemente aún estaba en el trabajo, y su madre estaba en la cocina, preparando la cena. Oseas subió a su habitación, donde podía estar solo. Se sentó en su escritorio, mirando los viejos libros de piano apilados en la esquina, cubiertos de polvo. La imagen le provocó una punzada en el pecho, un anhelo que había tratado de enterrar.

No podía tocar. No más. La voz de su padre resonaba en su mente, la misma lección que había escuchado una y otra vez.

—El piano no pondrá comida en la mesa. Concéntrate en tu futuro, Óseas. Tienes que ser un hombre.

Pero ¿qué tipo de hombre esperaba su padre que fuera? ¿Uno que siguiera órdenes, que nunca siguiera su corazón?

Óseas se recostó en su silla, cerrando los ojos. Casi podía escuchar la música, sentir las teclas bajo sus dedos. Por un momento, se permitió imaginarlo—volver a tocar, sentir esa libertad. Pero tan rápido como apareció el pensamiento, desapareció. El rostro desaprobador de su padre cruzó su mente, y él alejó la idea.

Esa noche, durante la cena, su padre llegó a casa, su presencia llenando la casa como una nube pesada. Héctor se sentó a la cabecera de la mesa, con la misma mirada seria de siempre. Isabel intentó mantener la conversación ligera, hablando de la iglesia y los planes para el fin de semana, pero la atención de Héctor estaba en otra parte.

—Oseas —dijo su padre después de un largo silencio—, hablé con Don Enrique hoy. Dice que puede conseguirte un trabajo en el almacén este verano. Es hora de que empieces a pensar en serio en tu futuro.

Oseas asintió, aunque las palabras le pesaban en la garganta. Su futuro. Lo único que le importaba a su padre era que tuviera un trabajo estable, que siguiera el plan que había sido trazado para él desde su nacimiento. No había espacio para la música. No había espacio para sueños que no encajaran en el mundo de su padre.

—Sí, papá —dijo en voz baja, aunque su corazón no estaba en ello.

Después de la cena, Oseas se excusó y se retiró a su habitación. Se sentía atrapado, como si las paredes se cerraran a su alrededor. Su futuro, al parecer, ya estaba decidido, y no había lugar para que él fuera quien realmente quería ser.

Pensó en Ivelisse—su sonrisa, la forma en que siempre parecía saber qué decir. Ella era una luz en la oscuridad, un recordatorio de que tal vez, solo tal vez, había algo más allá de esto. No podía decirle todo—todavía no—pero sabía que necesitaba hablar con ella. Era la única que entendía, la única que lo veía por lo que realmente era.

Con un suspiro profundo, Oseas tomó su teléfono y le envió un mensaje.

"¿Podemos hablar después de la iglesia el domingo?"

Su respuesta llegó casi al instante.

"Por supuesto. Estoy aquí para ti, Oseas. Siempre."

Y en ese momento, mientras yacía en la quietud de su habitación, Óseas se permitió tener esperanza. Tal vez había una salida. Tal vez había un futuro en el que no tuviera que ocultar su verdadero yo.

Tal vez, con Ivelisse a su lado, podría encontrar la fuerza para convertirse en el hombre que estaba destinado a ser.

La Melodia Perdida

Los días se mezclaban entre sí, marcados por el ritmo constante de la escuela, la iglesia y los momentos fugaces con Ivelisse. Para Óseas, el tiempo pasaba como un eco de la misma canción—repetitivo y asfixiante. Pero algo dentro de él había empezado a cambiar. Un anhelo que creía haber enterrado hacía tiempo estaba resurgiendo poco a poco.

El piano había sido un recuerdo distante durante años. En otro tiempo, había sido su refugio, el lugar donde podía escapar de la dureza del mundo. Pero después de que su padre le ordenó que dejara de tocar, Óseas lo había dejado de lado, convenciéndose de que no lo necesitaba. Sin embargo, ahora, con el apoyo de Ivelisse, ese antiguo llamado regresaba.

Una noche, sentado en su escritorio, Óseas miró los libros de piano apilados en la esquina, medio cubiertos de polvo, llamándolo. La casa estaba en silencio. Su padre estaba abajo, viendo televisión—su ritual habitual después del trabajo—y su madre se estaba preparando para dormir. Con un suspiro vacilante, Óseas se levantó y caminó hacia la esquina donde descansaba su teclado eléctrico.

Lo destapó con cuidado, como si estuviera reuniéndose con un viejo amigo. Sus dedos flotaron sobre las teclas y, por un momento, volvió a ser ese niño de once años, con los ojos brillantes de emoción al tocar sus primeras notas.

Lentamente, presionó una tecla. El sonido fue tenue, tímido, pero ahí estaba. El tono familiar, claro como siempre.

La melodía regresó como un reflejo. Comenzó a tocar una canción lenta y sencilla, una que había aprendido hacía mucho tiempo. Mientras las notas llenaban la habitación, una calidez recorrió su cuerpo, una sensación que no había experimentado en años. Cada nota era una liberación, una parte de su alma encontrando su camino hacia afuera, sin estar atada a las expectativas de los demás.

Pero a medida que la música fluía, también lo hicieron los recuerdos—las palabras duras de su padre, su insistencia en que la música era solo una distracción, en que Oseas necesitaba enfocarse en la "vida real". La melodía vaciló, la duda colándose en su mente. Cerró los ojos, intentando apartar esos pensamientos. Siguió tocando, dejando que la música hablara por él, como siempre lo había hecho.

Abajo, Héctor se recostó en su silla, con el zumbido del televisor apenas captando su atención. Había sido un día largo en el almacén, y su mente seguía ocupada con cuentas que equilibrar y pedidos que procesar. La vida siempre había sido así: hacer lo que se necesitaba, asegurarse de que su familia tuviera lo necesario.

Así lo había criado su propio padre. Así era como él había criado a Oseas. Pero últimamente, había una distancia entre ellos, un silencio que pesaba con cada día que pasaba. Héctor amaba profundamente a su hijo, pero nunca había sabido cómo demostrarlo. Creía que empujarlo hacia un futuro estable era la mejor manera de prepararlo para la vida, que enseñarle disciplina le daría las herramientas para tener éxito.

Pero últimamente había empezado a preguntarse si se había equivocado. Había notado la tensión en Oseas, la forma en que evitaba el contacto visual en la mesa, lo callado que se había vuelto. En algún punto, había perdido la conexión con su hijo. Y lo peor era que no sabía cómo recuperarla.

Entonces, de repente, escuchó algo. Música.

Bajó el volumen del televisor y prestó más atención. El sonido del piano se filtraba a través de las paredes, suave pero inconfundible. Oseas estaba tocando de nuevo.

Por un momento, el pecho de Héctor se tensó. La frustración burbujeó en su interior—le había dicho a su hijo que se enfocara en su futuro, que dejará la música atrás. Pero algo lo detuvo de levantarse y subir las escaleras. La música no sonaba como rebeldía ni desafío. Era algo más. Algo que Héctor casi había olvidado: el amor de su hijo por el instrumento, su talento.

Héctor se quedó quieto, escuchando mientras la melodía llenaba la casa. Y en ese instante, algo dentro de él cambió. Tal vez había estado equivocado. Tal vez Óseas necesitaba la música de una manera que él nunca había entendido antes. La idea lo incomodaba, pero también despertaba en él un sentimiento nuevo: la comprensión. Su hijo no era como él, y quizás, solo quizás, eso estaba bien.

Arriba, Óseas terminó la pieza, sus dedos temblorosos al separarse de las teclas. No había tocado así en años. Ahora, con el silencio asentándose a su alrededor, sintió una extraña mezcla de alivio y temor. ¿Qué diría su padre si lo supiera?

Pero también había orgullo—por recuperar algo que siempre le había pertenecido. La música seguía viva en él. Ya no podía negarlo. Tenía que seguir tocando, sin importar lo que dijera su padre.

A la mañana siguiente, en el desayuno, Héctor miró a Oseas desde el otro lado de la mesa. Isabel hablaba sobre los planes para el fin de semana, pero la mente de Héctor seguía en la noche anterior, todavía escuchando la música en su cabeza. Carraspeó, buscando las palabras adecuadas.

—Oseas —dijo con voz firme pero calmada—. Anoche te escuché tocar.

Óseas se congeló, su corazón deteniéndose por un momento. Había esperado que su padre no se diera cuenta— o al menos que no dijera nada. Ahora, su mente iba a toda velocidad, preparándose para la reprimenda que seguramente vendría.

Pero, para su sorpresa, Héctor no lo regañó. En cambio, su mirada se suavizó.

—Eres… bueno en eso. Nunca te lo había dicho antes, pero lo eres.

Oseas parpadeó, sin estar seguro de haber escuchado bien. Su padre no era de los que daban cumplidos, y mucho menos sobre algo que no entendía del todo. Pero ahí estaba— una pequeña chispa de aprobación.

—No quiero que te distraigas de tus estudios — continuó Héctor—, pero… quizás podrías seguir tocando. Si eso te ayuda.

Óseas no supo qué decir. Durante años, se había resignado a la idea de que su padre nunca aceptaría su música. ¿Y ahora esto? No era un respaldo total, pero era más de lo que jamás había esperado.

—Gracias, papá —logró decir, su voz baja pero llena de esperanza.

Héctor asintió con la cabeza y regresó a su desayuno, pero la atmósfera en la mesa había cambiado. Todavía quedaba un largo camino por recorrer, pero era un comienzo—un pequeño paso hacia el entendimiento, una grieta en la barrera que los había separado por tanto tiempo.

Ese día, después de la iglesia, Óseas se encontró con Ivelisse en el patio trasero del templo. El sol comenzaba a ponerse, proyectando un resplandor cálido sobre el pequeño espacio donde solían sentarse y hablar.

—Te ves feliz —dijo ella, notando la expresión más ligera en su rostro.

—Creo que lo estoy —respondió Óseas, todavía sorprendido por el cambio en la actitud de su padre. Le contó sobre la conversación, sobre cómo Héctor lo había escuchado tocar y no se había enojado.

Ivelisse sonrió con orgullo. —¿Ves? Te dije que eventualmente cambiaría de opinión. Solo tenías que seguir mostrándole quién eres.

Oseas asintió, sintiendo el peso de sus palabras. No se trataba solo de la música. Se trataba de demostrarle a su padre que podía ser un buen hijo sin renunciar a lo que amaba.

Y con Ivelisse a su lado, supo que estaba en el camino correcto.

Las Expectativas De Un Padre

Óseas estaba sentado en su habitación, golpeando suavemente los dedos sobre el escritorio. El teclado eléctrico todavía estaba en la esquina, ahora descubierto, un recordatorio silencioso del momento que había compartido con su padre. Algo había cambiado en la casa, aunque el cambio era sutil. Había menos tensión en el aire. Las palabras de su padre sobre su piano, aunque pocas, habían encendido una chispa de esperanza en Oseas, pero también una confusión.

¿Era este el comienzo de algo nuevo entre ellos? ¿O solo un momento pasajero de paz?

Más tarde esa semana, Héctor llamó a Oseas al salón después de la cena. Su madre estaba en la cocina, limpiando los platos, y Oseas había planeado subir directamente a su habitación. Pero algo en el tono de su padre lo hizo dudar.

—Siéntate un momento —dijo Héctor, con una voz que no sonaba a una orden, sino más bien… abierta.

Óseas se sentó, sintiendo que su corazón latía un poco más rápido, sin saber qué esperar.

—He estado pensando —comenzó Héctor, apoyando los codos en las rodillas—. Sobre lo que dije el otro día, sobre el piano.

Hizo una pausa, como si buscara las palabras adecuadas.

—Sé que he sido duro contigo con eso. Y quiero que sepas que no es porque no crea en ti.

Oseas permaneció en silencio, con los ojos fijos en su padre. Estas no eran palabras que hubiera esperado escuchar.

—He estado recordando a mi propio padre —continuó Héctor, su voz más baja—. Era estricto. ¿Crees que yo soy duro? Él lo era más. No me dio opciones. Me dijo que si no tomaba el negocio de la familia, sería un fracaso. Y yo no quería decepcionarlo.

Hubo un largo silencio. Oseas nunca había escuchado a su padre hablar de esto antes. Siempre había parecido tan seguro de todo, tan firme en sus creencias. Pero ahora, sentado frente a él, parecía casi… vulnerable.

—Creo que he estado tratando de hacerte seguir el mismo camino —admitió Héctor—. Pero no quiero presionarte como mi padre me presionó a mí. Quiero que seas feliz, Óseas. Quiero que tengas un futuro del que estés orgulloso. Si la música es parte de eso, entonces… quizás he estado equivocado.

La garganta de Oseas se cerró, con una oleada de emociones agitándose en su interior. Esta era una faceta de su padre que nunca había visto antes—cruda, sin filtros. El hombre que siempre había sido tan rígido en sus creencias ahora se estaba abriendo, admitiendo sus propias dudas.

—Te lo agradezco, papá —dijo Óseas en voz baja, sin saber realmente cómo responder—. Pero yo sí quiero un futuro. Quiero seguir tocando el piano. Es parte de lo que soy.

Héctor asintió lentamente, como si estuviera procesando las palabras de su hijo.

—Ser maestro… es un buen camino. Te veo en eso, Óseas. Siempre has sido inteligente.

Suspiró, inclinándose hacia atrás en su silla.

—Solo quiero asegurarme de que estés preparado para el mundo. No es fácil ahí fuera.

—Lo sé —respondió Óseas—. Pero creo que puedo hacer ambas cosas—enseñar y tocar.

Los ojos de su padre se suavizaron cuando lo miró.

—Tal vez puedas. Y tal vez… necesito confiar en que descubrirás tu propio camino.

Por primera vez en mucho tiempo, Oseas sintió que el peso de las expectativas de su padre se aligeraba, aunque fuera solo un poco. No era una aceptación total, pero era un paso—un paso hacia la comprensión mutua. Su padre no abrazaba completamente la idea de que fuera pianista, pero estaba empezando a respetar sus decisiones, y eso significaba el mundo para él.

El domingo siguiente, en la iglesia, Héctor observó mientras Oseas se sentaba detrás del piano, sus dedos colocados sobre las teclas. Era la primera vez en meses que Oseas accedía a tocar para la congregación, y había una sensación diferente en el aire. Los miembros de la iglesia, siempre alentadores, intercambiaron sonrisas de aprobación.

Héctor se sentó en la banca, con las manos entrelazadas en su regazo. Isabel, a su lado, le echó un vistazo y le dedicó una pequeña sonrisa. Siempre había creído en Oseas, apoyándolo de maneras que Héctor no había entendido del todo hasta ahora. Le apretó la mano suavemente, como diciendo: Va a estar bien.

Oseas comenzó a tocar, las primeras notas llenando el santuario con una melodía suave y melancólica. Era un himno que Héctor reconocía de su infancia, una que su propio padre solía tararear mientras trabajaba. La familiaridad de la melodía le provocó algo en el pecho, removiendo recuerdos que había enterrado hace mucho tiempo.

Mientras Óseas tocaba, Héctor sintió que algo dentro de él cambiaba. Esto no era solo música. Era su hijo, derramando su alma en algo que lo hacía sentir completo. Y por primera vez, Héctor no lo vio como una distracción o una pérdida de tiempo. Lo vio por lo que realmente era: un don, una parte de Oseas que necesitaba ser nutrida, no silenciada.

Cuando la canción terminó, hubo un momento de silencio, seguido de un suave aplauso de la congregación. Oseas levantó la vista, escaneando la sala, y por un breve instante, su mirada se encontró con la de su padre. Héctor le dio un pequeño asentimiento, uno que decía más que cualquier palabra.

Después del servicio, Héctor encontró a Oseas afuera, conversando con Ivelisse. Los dos reían sobre algo, la calidez entre ellos era innegable. Héctor dudó por un momento, sin querer interrumpir, pero luego dio un paso adelante.

—Oseas —lo llamó, su tono más suave de lo habitual.

Óseas se giró, sorprendido de verlo acercarse.

—¿Papá?

Héctor tomó aire, sintiendo el peso de lo que estaba a punto de decir.

—Solo quería decirte… hiciste un buen trabajo hoy. Fue hermoso.

Los ojos de Oseas se agrandaron levemente, sorprendido por las palabras de su padre.

—Gracias, papá. Eso significa mucho para mí.

Héctor le sonrió, una sonrisa genuina que alcanzó sus ojos.

—Has crecido mucho. Estoy orgulloso de ti, Oseas.

Las palabras flotaron en el aire, y Oseas sintió algo dentro de él cambiar. La aprobación de su padre —algo que había anhelado durante tanto tiempo, pero que nunca pensó que recibiría— finalmente había llegado. Ya no se trataba solo del piano o del futuro. Se trataba de amor, de comprensión, y de respeto mutuo.

Mientras Héctor se alejaba hacia el auto, Ivelisse entrelazó su mano con la de Oseas.

—Eso fue grande —susurró, sonriéndole.

—Sí —murmuró Óseas, todavía procesando el momento—. Lo fue.

Por primera vez en mucho tiempo, Óseas sintió que ya no estaba luchando contra las expectativas de su padre. En su lugar, estaba forjando su propio camino, con su padre aprendiendo a caminar a su lado en lugar de empujarlo en una dirección que no quería seguir.

El Camino A La Graduación

Oseas miró la pila de solicitudes de universidades en su escritorio, sintiendo el peso de su futuro sobre sus hombros. Estaba a punto de graduarse de la preparatoria, a solo unos meses de cumplir diecinueve años, y las decisiones que tomara en ese momento definirían los próximos años de su vida. Su corazón latía con una mezcla de emoción y miedo. Ser profesor de historia había sido su sueño desde que tenía memoria, pero la música siempre había estado ahí también, atrayéndolo en otra dirección.

El camino hasta este punto no había sido fácil. Cada victoria había venido con su propio conjunto de desafíos: demostrar su valía académica, manejar las expectativas de su familia y lidiar con el juicio de la familia de su padre, quienes todavía lo veían como alguien que nunca cumpliría con su idea de éxito. Pero a pesar de todo, Oseas había encontrado una manera de seguir adelante, aferrándose a su fe y al amor de aquellos que realmente lo apoyaban.

Ahora, en la cúspide de la adultez, la pregunta de qué venía después se cernía sobre él.

En la mesa del comedor, Héctor estaba más callado de lo habitual, hojeando el correo. Aunque su actitud sobre la música de Oseas se había suavizado, la conversación sobre la universidad aún lo inquietaba. Isabel, sentada a su lado, sorbía su té, como siempre mediando entre padre e hijo.

—Así que —dijo Héctor después de un momento, dejando los papeles sobre la mesa—, has estado recibiendo muchas cartas de universidades.

Oseas asintió.

—Sí, algunas muy buenas. He estado pensando en la Universidad de Texas o quizás en alguna universidad estatal más pequeña.

—¿Programas de historia? —preguntó Héctor, con un tono neutral.

—Sí, pero también programas que tengan buenas materias optativas de música. Sé que la enseñanza es mi camino, pero quiero seguir tocando el piano, tal vez tomar algunas clases.

Héctor lo miró pensativo. No había rastro de la resistencia que una vez tuvo cuando se trataba de la música de su hijo. En su lugar, simplemente asintió.

—Es una buena idea. Tener la música como parte de tu vida te mantendrá enfocado.

Oseas parpadeó, sorprendido por la aprobación de su padre. Aún no estaba completamente acostumbrado a este nuevo entendimiento entre ellos. Pero estaba agradecido. No necesitaba que su padre abrazara completamente la música, pero saber que respetaba sus decisiones significaba el mundo para él.

—He estado pensando mucho en esto —continuó Óseas—. Quiero enseñar historia, pero quizás pueda incorporar la música en ello también. Ya sabes, enseñar sobre el papel de la música en la historia.

Isabel sonrió desde su asiento.

—Creo que suena maravilloso, mijo. Puedes combinar tus dos pasiones.

Héctor tomó otro sorbo de agua y luego miró a su hijo.

—Solo recuerda que la universidad es un compromiso. Asegúrate de elegir un lugar donde tengas las mejores oportunidades. Te apoyaremos en donde decidas ir.

Era una declaración sutil de apoyo, pero una que resonó profundamente en Oseas. Hubo un tiempo en que dudó que su padre alguna vez estuviera de su lado, y ahora, sentado allí, hablando sobre el futuro con calma y respeto mutuo, se sentía como un pequeño milagro.

El siguiente domingo en la iglesia, Oseas se encontró con Ivelisse en el patio. Ella lo esperaba con una sonrisa radiante, sosteniendo una carpeta en sus manos.

—¿Adivina qué? —dijo emocionada mientras le entregaba los papeles.

Oseas abrió la carpeta y encontró cartas de aceptación de varias universidades.

—¡Te aceptaron! —exclamó con alegría—. ¡Eso es increíble, Ivelisse!

Ella asintió, sin poder ocultar su entusiasmo.

—Sí, estoy muy emocionada. Pero ahora tenemos decisiones que tomar, ¿verdad?

Oseas asintió, sintiendo el peso de su futuro y el de Ivelisse juntos. Ella siempre había sido parte de sus planes, pero ahora que realmente estaban a punto de dar el siguiente paso en sus vidas, tenían que descubrir cómo hacer que todo funcionara, especialmente con la universidad en el horizonte.

—He estado pensando mucho en esto —dijo mientras caminaban hacia la puerta de la iglesia—. Ambos tenemos nuestros caminos, pero sé que podemos hacer que esto funcione.

—Lo sé —respondió Ivelisse, entrelazando su mano con la suya—. Hemos pasado por demasiado juntos como para dejar que la distancia o la universidad nos separen.

Oseas sonrió, sintiéndose reconfortado por su confianza. Siempre habían encontrado la manera de superar los desafíos: la desaprobación de algunos familiares, la presión de la escuela, las dudas que a veces los acosaban. Juntos, habían enfrentado todo de frente.

—Serás un gran maestro —dijo Ivelisse mientras tomaban asiento en la iglesia—. Y seguirás teniendo la música. Sé que lo lograrás, Óseas.

Él le apretó la mano con gratitud. Si algo había aprendido en todo este tiempo, era que no tenía que resolver todo solo. Tenía a Ivelisse, a su madre, y ahora incluso a su padre apoyándolo mientras avanzaba hacia este nuevo capítulo de su vida.

A medida que las semanas pasaban y la graduación se acercaba, Óseas se encontraba más ocupado que nunca. Entre estudiar para los exámenes finales, asistir a ensayos de piano en la iglesia y pasar tiempo con Ivelisse, apenas tenía tiempo para pensar en lo que venía después. Pero con cada día que pasaba, la realidad de la adultez se volvía más evidente.

Una noche, después del servicio en la iglesia, el Pastor Manuel llamó a Oseas a su oficina. El hombre mayor siempre había sido un mentor para él, guiándolo espiritualmente y alentando sus talentos.

—Oseas —comenzó el pastor, su voz gentil pero seria—, he visto cómo has crecido en estos últimos años. Has sido una bendición para esta iglesia con tu música, pero sé que tienes un futuro brillante más allá de estos muros.

Óseas sonrió humildemente, sin estar seguro de hacia dónde iba la conversación.

—Quiero que sepas —continuó el pastor— que, sin importar a dónde vayas, siempre tendrás un hogar aquí. Pero no tengas miedo de seguir tus sueños. Dios tiene un plan para ti, y a veces ese plan requiere que demos pasos de fe.

Las palabras tocaron profundamente a Oseas. Siempre había creído en la guía de Dios, pero escuchar estas palabras de alguien a quien respetaba tanto lo hacía sentir más real, más alcanzable. Asintió, sintiendo una paz interior.

—Gracias, pastor —dijo—. Lo recordaré.

Cuando salió de la iglesia esa noche, Óseas se sintió más seguro que nunca sobre su camino. No sabía exactamente cómo se desarrollarían las cosas, pero había una cosa de la que estaba seguro: estaba listo para enfrentar lo que viniera.

Los Cruces de Camino

El campus estaba lleno de vida mientras Óseas caminaba por los terrenos de la Universidad de Texas, sosteniendo en sus manos la carta de aceptación. Había sido admitido en una de las mejores universidades para su carrera, un lugar donde podría estudiar historia y también tomar clases de música. Era un sueño hecho realidad, pero no podía ignorar la sensación de incertidumbre que lo acompañaba.

Había tantas decisiones por tomar: dónde vivir, cómo equilibrar sus estudios entre historia y música, y lo que esto significaba para su relación con Ivelisse. Siempre habían hablado sobre el futuro, pero ahora que el futuro estaba aquí, se sentía abrumador.

Mientras se detenía en medio del campus, observó a los estudiantes caminando apresurados a sus clases, conversando en grupos y riendo juntos. Pronto, él sería parte de este mundo, pero también sabía que con ello vendrían desafíos nuevos. Ya no era solo Óseas, el estudiante de secundaria. Ahora, estaba entrando en la adultez, y la responsabilidad de ese cambio lo presionaba.

Esa noche, de regreso en casa, Óseas se sentó con Ivelisse en la sala. Se quedaron en silencio por un rato, ambos conscientes del peso de lo que estaba por venir. Ivelisse también había recibido sus cartas de aceptación, y ahora debían descubrir qué significaba esto para su relación.

—He estado pensando —dijo Ivelisse en voz baja, rompiendo el silencio—. ¿Y si vamos a la misma universidad? O al menos a universidades cercanas. No quiero que la distancia nos separe.

Oseas suspiró, inclinándose hacia atrás en el sofá.

—Yo también lo he pensado. No quiero perder lo que tenemos. Pero también quiero que ambos sigamos nuestros sueños. No quiero que ninguno de los dos tome una decisión solo por el otro.

Ivelisse asintió, aunque había tristeza en sus ojos.

—Lo sé. Tienes razón. Pero es difícil imaginar no verte todos los días.

—Lo resolveremos —dijo Oseas, tomando su mano—. Lo sé. No importa dónde terminemos, no dejaré que nada se interponga entre nosotros.

Sus palabras hicieron que una pequeña sonrisa apareciera en el rostro de Ivelisse, pero Oseas podía sentir la incertidumbre entre ellos. Este era el mayor desafío que habían enfrentado hasta ahora: equilibrar sus sueños individuales con su amor mutuo. Sin embargo, en su corazón, él creía que encontrarían la manera.

Una tarde, mientras Óseas llenaba formularios de ayuda financiera en la mesa de la cocina, su padre se sentó frente a él.

—Se vienen grandes decisiones —comentó Héctor, mirando los papeles en los que trabajaba su hijo.

—Sí —respondió Óseas, sin levantar la vista—. Es abrumador.

—Lo sé —dijo Héctor, su tono más suave de lo habitual—. Quería hablar contigo sobre algo.

Oseas dejó su bolígrafo y levantó la mirada, esperando que su padre continuara.

—He estado pensando mucho en lo que te dije antes, sobre estar orgulloso de ti —dijo Héctor, su mirada seria pero llena de emoción—. Y quiero que sepas que lo decía en serio. He visto cómo has crecido, cómo has trabajado duro y te has mantenido fiel a ti mismo, incluso cuando no era fácil.

Oseas sintió un nudo en la garganta. Había anhelado escuchar estas palabras durante tanto tiempo que ahora, al escucharlas, no sabía qué decir.

—Sé que no siempre te lo he demostrado —continuó Héctor—. Pero estoy orgulloso de la persona en la que te estás convirtiendo. No importa si sigues con la historia, la música, o ambas. Te apoyo.

La sinceridad en la voz de su padre hizo que los ojos de Oseas se humedecieran.

—Gracias, papá —logró decir—. Eso significa mucho para mí.

Héctor asintió, dándole una palmada en el hombro.

—Solo quiero que seas feliz. Que tengas una vida de la que estés orgulloso.

—Lo haré —prometió Óseas—. Y haré que te sientas orgulloso también.

Héctor sonrió, y por primera vez en mucho tiempo, no hubo tensión entre ellos. Solo un padre y un hijo, finalmente entendiendo lo que el otro sentía.

Mientras la fecha de graduación se acercaba, Óseas se encontraba más ocupado que nunca. Entre los exámenes finales, los ensayos de piano en la iglesia y sus momentos con Ivelisse, apenas tenía tiempo para pensar en lo que vendría después. Pero con cada día que pasaba, la realidad de la universidad y la independencia se hacía más tangible.

Una noche, después de un largo día de estudio, Óseas se sentó al piano en la iglesia. Sus dedos se deslizaron por las teclas, tocando una melodía que había estado dando vueltas en su mente. Era una canción nueva, suave y reflexiva, llena de todas las emociones que había estado sintiendo últimamente.

Mientras tocaba, pensó en su viaje hasta este momento—las luchas con su padre, el amor inquebrantable de su madre, el apoyo de Ivelisse y su fe en Dios. Cada desafío que había enfrentado lo había llevado hasta aquí. Y aunque el futuro aún era incierto, por primera vez en mucho tiempo, no le tenía miedo.

El sonido de la puerta de la iglesia abriéndose lo sacó de sus pensamientos. Se giró y vio al Pastor Manuel entrando, con su típica sonrisa tranquila.

—Hermosa melodía, Oseas —dijo el pastor, sentándose en un banco cercano.

—Gracias —respondió Óseas, todavía con los dedos sobre las teclas.

El pastor lo observó por un momento antes de hablar.

—Es increíble ver cuánto has crecido. Recuerdo cuando empezaste a tocar aquí, dudando de ti mismo. Y ahora, mira en lo que te has convertido.

Oseas sonrió modestamente.

—Ha sido un camino largo.

—Lo ha sido —asintió el pastor—. Pero nunca has caminado solo. Dios ha estado contigo en cada paso.

Oseas asintió, sintiendo la verdad en sus palabras.

—Lo sé. Y estoy agradecido.

El pastor se levantó y puso una mano en su hombro.

—No tengas miedo del futuro, Óseas. Sigue usando los dones que Dios te dio. Él tiene grandes planes para ti.

Óseas se quedó en la iglesia un rato después de que el pastor se fue, dejando que sus pensamientos se asentaran. Sabía que su vida estaba a punto de cambiar, pero en lugar de temerlo, decidió aceptarlo.

Ya no era el niño que se escondía de las miradas de los demás ni el adolescente que dudaba de su propio valor. Era un joven que había encontrado su voz, su propósito, y la confianza para seguir adelante.

Y con eso en mente, tocó la última nota de su canción, dejando que el sonido se desvaneciera en el aire, marcando el final de un capítulo y el comienzo de otro.

Nuevos Comienzos

El calor de Texas golpeó a Oseas en cuanto salió del coche, un marcado contraste con el interior con aire acondicionado, donde sus nervios lo habían mantenido en silencio durante la mayor parte del trayecto. Se encontraba al borde del campus de la Universidad de Texas, con su nueva vida justo delante de él. Sus padres lo ayudaron a bajar el equipaje del coche, su madre preocupándose por los más mínimos detalles mientras su padre cargaba en silencio las maletas más pesadas.

"¿Estás seguro de que tienes todo?" preguntó Isabel, con el ceño fruncido de preocupación mientras revisaba de nuevo las maletas de Oseas.

"Mamá, estoy seguro", le aseguró Oseas, aunque por dentro estaba librando su propia batalla contra la ansiedad. Estaba dejando su hogar, adentrándose en un nuevo capítulo y, por más emocionado que estuviera, lo desconocido se cernía sobre él.

Héctor, notando la quietud de su hijo, le dio una palmada de apoyo en la espalda. "Lo harás genial aquí, Oseas. Solo recuerda mantenerte enfocado, trabajar duro y no olvidarte de llamar a tu mamá."

Oseas sonrió, apreciando las palabras de aliento. Podía notar que su padre aún se estaba adaptando a esta nueva etapa de su relación —brindándole apoyo donde antes había habido tensión— pero se sentía bien. Una sensación de paz se había instalado entre ellos, haciendo que dejar su hogar fuera un poco más fácil.

"Lo haré", dijo Oseas, dándole un último abrazo a su madre antes de despedirse.

Cuando sus padres se marcharon, Oseas se quedó de pie frente a su residencia universitaria, respirando hondo. Este era el comienzo de su vida universitaria. Su carrera en historia lo esperaba, junto con clases de música que le permitirían seguir tocando el piano. Y, por supuesto, Ivelisse no estaba lejos, asistiendo a una universidad cercana.

Las primeras semanas de la universidad fueron un torbellino. Entre asistir a clases de historia, unirse al grupo musical del campus y conocer gente nueva, Oseas apenas tenía tiempo para asimilarlo todo. Encontraba consuelo en su rutina de clases y en sus sesiones nocturnas de práctica de piano, donde podía escapar del ritmo frenético de la vida universitaria y perderse en melodías familiares.

Una noche, mientras tocaba suavemente el piano en la sala de música del campus, Ivelisse se unió a él, sentándose a su lado en el banco. Apoyó su cabeza en su hombro y, por un momento, se quedaron en un silencio cómodo.

"¿Semana ocupada?" preguntó ella en un susurro.

"Sí", respondió Óseas, deslizándose sobre las teclas. "Pero está bien. Me gusta estar ocupado. Me ayuda a mantenerme enfocado."

Ivelisse asintió, observando sus manos moverse con gracia sobre el piano. "Me encanta verte así—tan en tu elemento. Te ves tan feliz cuando tocas."

Oseas sonrió, sintiendo la calidez de sus palabras. "Es de las pocas cosas que hacen que todo lo demás tenga sentido."

Ella se inclinó y lo besó suavemente en la mejilla. "Estoy orgullosa de ti. Estás manejando tantas cosas y lo estás haciendo bien."

Oseas hizo una pausa, dejando que la música flotara en el aire por un momento. "No sé si es así," admitió. "A veces es difícil. Siento que estoy siendo arrastrado en muchas direcciones—historia, música, tú, mi familia…"

Ivelisse levantó la cabeza y lo miró. "No tienes que tenerlo todo resuelto, Oseas. Todos estamos aprendiendo. Solo tómalo un paso a la vez. Y recuerda, estoy aquí contigo."

Sus palabras lo anclaron, recordándole que no tenía que cargar con todo solo. Ya habían enfrentado tanto juntos, y esto era solo otra parte de su viaje.

A medida que avanzaba el semestre, Oseas se entregó por completo a sus estudios. Sus clases de historia lo cautivaban de una manera que alimentaba su pasión por convertirse en maestro algún día. Pasaba horas en la biblioteca, sumergido en libros de texto, investigando eventos históricos y escribiendo ensayos que le valían las mejores calificaciones. Sus profesores notaban su dedicación y a menudo lo elogiaban por su perspectiva y entusiasmo.

Pero aunque su vida académica prosperaba, equilibrar sus estudios, su música y su relación con Ivelisse era cada vez más difícil. Había noches en las que tenía que cancelar sus llamadas habituales con ella para terminar un trabajo o prepararse para un examen. Otras veces, se saltaba la práctica de piano para pasar tiempo con ella.

Un viernes por la noche, después de una semana agotadora de exámenes, Oseas se reunió con Ivelisse para cenar. No se habían visto en casi dos semanas y, aunque la conversación comenzó de manera ligera, la tensión entre ellos era innegable.

"Casi no te he visto últimamente", dijo Ivelisse en un tono suave pero cargado de preocupación. "Siempre estás ocupado con clases, música o algo más."

Oseas suspiró, sabiendo que tenía razón. "Lo sé. He estado tratando de mantenerme al día con todo. Ha sido más difícil de lo que pensaba."

"Lo entiendo," dijo Ivelisse, mirándolo a los ojos. "Pero te extraño, Osea. No quiero que nos distanciemos."

"No lo haremos," dijo Oseas rápidamente, tomando su mano. "Te lo prometo. Ha sido un semestre loco, pero haré más tiempo para nosotros. No quiero perderte."

Ivelisse le dedicó una pequeña sonrisa, aunque la preocupación en su mirada seguía presente. "Solo no quiero que nos perdamos entre todo lo demás. Hemos pasado por mucho juntos, y no quiero perder lo que tenemos."

Oseas asintió, sintiendo el peso de sus palabras. Tampoco quería perderla, pero también estaba comenzando a darse cuenta de cuánto le exigía la universidad. Equilibrar sus sueños, su relación y su familia no era tan fácil como pensaba.

Una mañana de domingo, Óseas volvió a casa para una breve visita. Al entrar en la cálida atmósfera de la iglesia, fue recibido con sonrisas y abrazos de la congregación. Se sintió como un regreso al hogar y, por un momento, pudo olvidarse de las presiones de la universidad.

Después del servicio, Óseas se sentó con el pastor Manuel en su oficina, poniéndose al día sobre todo lo que había sucedido desde que se fue a estudiar.

"¿Cómo te está tratando la universidad?" preguntó el pastor Manuel, con ojos amables y llenos de interés genuino.

"Ha estado bien," respondió Óseas, recostándose en la silla. "Ocupada, pero bien."

"¿Y la música? ¿Sigues tocando?"

Oseas asintió. "Sí, estoy tocando en el grupo musical del campus. Es un buen descanso de tanto estudio."

El pastor sonrió. "Me alegra escuchar eso. La música es un don, Óseas. No dejes que quede relegada, incluso cuando las cosas se pongan difíciles."

"No lo haré," prometió Óseas. "Sigue siendo una gran parte de quién soy."

Mientras hablaban, Óseas sintió una claridad apoderarse de él. Las presiones de la universidad eran reales, pero también lo eran su fe, su amor por la música y su relación con Ivelisse. No tenía que tenerlo todo resuelto en ese momento. Lo importante era seguir avanzando, paso a paso, confiando en que Dios tenía un plan para él, incluso en medio de la incertidumbre.

Esa noche, mientras tocaba el piano en su dormitorio, Óseas dejó fluir una nueva melodía que había estado formándose en su mente. Era suave, reflexiva, llena de la emoción de todo lo que estaba viviendo. Mientras las notas llenaban la habitación, comprendió que la música era su manera de dar sentido al mundo. Era su forma de procesar el caos y encontrar paz. Por ahora, eso era suficiente.

Encontrando el Equilibrio

Las hojas de otoño habían comenzado a tornarse doradas mientras el nuevo semestre se desarrollaba, pintando el campus de la Universidad de Texas con vibrantes tonos de amarillo y naranja. Oseas pasaba más tiempo al aire libre, caminando entre clases y absorbiendo la belleza natural de la estación. Pero, por más pintoresco que todo pareciera, en su interior aún luchaba por encontrar un ritmo que funcionara.

Su carga académica había aumentado, con sus clases de historia profundizando en temas complejos que requerían horas de investigación. Además, el grupo musical del campus había intensificado su agenda en preparación para una próxima presentación, y Oseas estaba lidiando con múltiples responsabilidades. Su relación con Ivelisse, aunque fuerte, sentía la presión de sus ajetreadas vidas. A pesar de estar a solo un corto trayecto en coche, se veían menos de lo que ambos habían anticipado.

Fue en una de esas tardes ocupadas, después de su última clase del día, que Oseas se encontró sentado en un banco cerca de la biblioteca, hojeando sus apuntes de historia. Las páginas estaban llenas de garabatos sobre la Europa medieval, rutas comerciales y alianzas políticas. Sin embargo, por más que intentara concentrarse, su mente seguía desviándose hacia Ivelisse.

No la había visto en más de una semana, y sus recientes conversaciones habían estado llenas de frustración, sobre todo de su parte. Ella lo extrañaba, y él a ella, pero no sabía cómo cerrar la brecha que se había ido formando entre ellos. La universidad les había traído nuevas oportunidades, pero con ellas también llegaron los desafíos de administrar su tiempo y mantenerse conectados.

Mientras Oseas estaba allí, perdido en sus pensamientos, su teléfono vibró en su bolsillo. Era Ivelisse.

Ivelisse: ¿Estás libre esta noche? Te extraño.

Oseas miró su agenda. Había planeado trabajar en un ensayo de historia y asistir a una sesión de práctica nocturna con el grupo musical, pero el mensaje de Ivelisse tiró de su corazón. Escribió una respuesta rápida.

Oseas: Sí, iré después de cenar. Yo también te extraño.

Era un pequeño sacrificio—una noche de estudio a cambio de la oportunidad de reconectar con ella—pero esperaba que valiera la pena. No podía dejar que su relación se desvaneciera, especialmente después de todo lo que habían pasado juntos.

Más tarde esa noche, Oseas llegó al apartamento de Ivelisse con un ramo de girasoles que había recogido en el camino. La expresión de sorpresa y alegría en su rostro cuando abrió la puerta hizo que su corazón se hinchara.

—¿Me trajiste flores? —preguntó, sonriendo mientras aceptaba el ramo—. Son hermosas.

—Tú eres hermosa —dijo Óseas con una sonrisa, inclinándose para besarla. Fue un pequeño gesto, pero les recordó a ambos cuánto significaban el uno para el otro.

Se acomodaron en el sofá, con el cálido resplandor de la tenue iluminación del apartamento creando una atmósfera acogedora. Ivelisse puso música de fondo suave y, por primera vez en mucho tiempo, pudieron simplemente disfrutar de la compañía del otro sin la carga del trabajo escolar o las obligaciones pesando sobre ellos.

—Extrañaba esto —dijo Ivelisse después de un rato, apoyando su cabeza en el hombro de Oseas—. Solo estar juntos sin prisas ni estrés.

—Yo también —coincidió Óseas, rodeándola con un brazo—. Sé que las cosas han estado locas últimamente, pero estoy tratando de encontrar un equilibrio. No quiero que nos alejemos.

—No lo haremos —dijo Ivelisse, con voz suave pero firme—. Pero tenemos que hacer tiempo el uno para el otro, incluso cuando sea difícil.

—Lo sé —dijo Oseas, sintiendo una punzada de culpa—. He estado tan atrapado en la escuela y la música que no he estado tan presente como debería. Pero mejoraré. Encontraremos la manera.

Ivelisse sonrió y le apartó suavemente un mechón de cabello del rostro.

—Creo en nosotros, Oseas. Hemos pasado por demasiado como para dejar que la universidad se interponga en el camino.

Pasaron el resto de la noche hablando sobre su futuro, sobre sus sueños y sobre las cosas que aún les asustaban. No era una solución perfecta a sus problemas, pero era un comienzo. Ambos sabían que el amor no se trataba solo de grandes gestos, sino de estar ahí, incluso cuando las cosas se ponían difíciles. Y esa noche, Oseas sintió que habían dado un paso en la dirección correcta.

Las semanas siguientes estuvieron llenas de intentos por encontrar un equilibrio. Oseas trató de organizar mejor su tiempo, reservando momentos para Ivelisse, la música y sus estudios. Algunos días sentía que lo lograba, mientras que otros se sentían como un desastre total. Pero poco a poco, estaba aprendiendo a manejar el caos.

Una tarde de viernes, mientras guardaba sus cosas después de su clase de historia, su profesora, la Dra. Reyes, se le acercó.

—Oseas, ¿puedo hablar contigo un momento? —preguntó, indicándole que se quedara.

Oseas asintió, intrigado pero ligeramente nervioso. Había estado esforzándose mucho en sus cursos de historia, pero la presión de equilibrarlo todo a veces le hacía dudar de si realmente estaba destacando.

La Dra. Reyes sonrió mientras se sentaba en su escritorio, señalándole que tomara asiento frente a ella.

—Quería felicitarte por tu reciente ensayo sobre la influencia del Imperio Bizantino en el comercio europeo. Tu análisis fue reflexivo y planteaste perspectivas únicas que no he visto en otros estudiantes.

Oseas sintió una oleada de orgullo.

—Gracias, Dra. Reyes. Me ha interesado mucho cómo Oriente y Occidente se influyeron mutuamente en esa época.

—Esa es exactamente la curiosidad que hace a un gran historiador —asintió la Dra. Reyes—. Puedo ver que te apasiona este tema, y quiero animarte a considerar postularte a algunas de las oportunidades de investigación que tenemos en el departamento.

¿Oportunidades de investigación? La idea ni siquiera había cruzado la mente de Oseas, pero ahora que la Dra. Reyes lo mencionaba, le emocionaba la posibilidad.

—Tenemos algunos proyectos próximos que te darían experiencia práctica —continuó—. Sería una excelente manera de fortalecer tu currículum, especialmente si estás pensando en la academia o la enseñanza.

Oseas se quedó procesando sus palabras. La oportunidad era tentadora, pero sabía que significaría asumir aún más responsabilidades. ¿Podría manejarlo con todo lo demás en su vida?

—Lo pensaré —dijo, todavía ponderando las posibilidades—. Suena como una oportunidad increíble.

—Tómate tu tiempo para decidir —dijo la Dra. Reyes, levantándose mientras la conversación llegaba a su fin—. Pero creo que harías un gran trabajo en el programa. Tienes una mente aguda y un futuro brillante por delante.

Mientras Oseas salía de la oficina, se sentía a la vez emocionado y abrumado. Participar en un proyecto de investigación sería un gran paso en su carrera académica, pero no podía dejar de preguntarse cómo haría para encajarlo todo.

Después de hablar con Ivelisse y reflexionar sobre su bienestar, Oseas tomó la difícil decisión de rechazar la oportunidad de investigación. No fue fácil, pero sabía que era lo mejor. No podía permitirse abarcar demasiado si eso significaba poner en riesgo su relación y su estabilidad.

Las semanas siguientes trajeron un nuevo sentido de paz. Era más presente con Ivelisse, más comprometido con su grupo musical y más enfocado en sus estudios.

El concierto final del semestre llegó, y Oseas subió al escenario para tocar un solo de piano que había practicado durante meses. El estruendoso aplauso del público fue gratificante, pero lo mejor de todo fue ver la sonrisa de Ivelisse en la primera fila, sus ojos llenos de orgullo.

Mientras bajaba del escenario, Oseas sintió un profundo sentido de logro. No solo por la música, sino porque había encontrado la manera de equilibrar su vida, asegurándose de estar presente para lo que realmente importaba.

Un Nuevo Capítulo Comienza

El día de graduación llegó con el calor de un verano texano. El aire estaba lleno de emoción y nerviosismo mientras los estudiantes se reunían en sus togas y birretes. Oseas se encontraba entre sus compañeros, con el corazón acelerado de anticipación. Era surrealista pensar que, después de años de trabajo arduo, noches de estudio y crecimiento personal, este momento finalmente había llegado.

El camino no había sido fácil. Sus cicatrices —tanto visibles como invisibles— lo habían marcado de maneras que muchos nunca entenderían. Pero ahora, al estar al borde de su futuro, Oseas se dio cuenta de que cada desafío que había enfrentado, cada lucha que había superado, lo había moldeado en la persona que era hoy. Y estaba orgulloso de esa persona.

Su familia estaba sentada en la audiencia. Su madre se secaba las lágrimas de orgullo, mientras su padre, Héctor, sonreía cálidamente junto a ella. Su relación había cambiado a lo largo de los años. Después de tantos malentendidos y sentimientos heridos, habían encontrado un lugar de respeto mutuo y comprensión. Héctor había hecho las paces con sus propios arrepentimientos y, al hacerlo, había abierto su corazón al hijo con el que antes le costaba conectar.

A su lado estaba Ivelisse, radiante de orgullo, con las manos entrelazadas sobre su regazo. Ella había sido su constante durante la universidad, su roca cuando las cosas se ponían difíciles, y la única persona que siempre había creído en él, incluso cuando él dudaba de sí mismo. Ella había estado allí para sus victorias y fracasos, durante cada llamada telefónica a altas horas de la noche y cada semana de exámenes estresantes. Hoy, su sonrisa era toda la confirmación que necesitaba de que lo había logrado, no solo académicamente, sino personalmente.

A medida que comenzaba la ceremonia, los discursos fluían, llenos de palabras inspiradoras sobre el futuro y el potencial que tenían por delante. Pero Oseas sentía que su mente vagaba. Su sueño de convertirse en profesor de historia mundial nunca había parecido tan real. Siempre le había gustado aprender sobre el pasado—las civilizaciones y culturas que habían formado el mundo. Pero ahora, quería ser él quien inspirara a la próxima generación. Quería mostrarles a los estudiantes que la historia no era solo una serie de fechas y eventos, sino historias de personas reales— historias de triunfos y fracasos, lecciones que podrían dar forma al futuro.

Cuando finalmente llamaron su nombre, Oseas respiró profundamente y caminó por el escenario. El aplauso de sus compañeros y su familia resonaba en sus oídos. Al estrechar la mano del decano y recibir su diploma, una ola de emociones lo invadió—orgullo, alivio y un profundo sentido de satisfacción.

Esto era más que un pedazo de papel. Era un símbolo de todo por lo que había trabajado, todo lo que había superado. Era un recordatorio de que sus cicatrices—tanto las de su labio leporino como las dejadas por los desafíos de la vida—no eran señales de debilidad. Eran marcas de resistencia, fortaleza y gracia.

Al bajar del escenario y regresar a su asiento, miró a su familia. Su madre estaba radiante, su padre le daba un asentimiento de aprobación, y los ojos de Ivelisse brillaban con lágrimas. En ese momento, Oseas supo que esto era solo el principio.

Más tarde esa noche, después de que las celebraciones se calmara y el lanzamiento de los birretes fuera capturado en cientos de fotos, Oseas e Ivelisse dieron un tranquilo paseo por el campus. El sol se estaba poniendo, proyectando un resplandor dorado sobre los edificios familiares que habían sido su hogar durante los últimos años.

"No puedo creer que ya se haya terminado," dijo Ivelisse suavemente mientras deslizaba su mano dentro de la de él. "Hemos pasado por tanto juntos."

Oseas sonrió, apretando su mano. "Lo sé. Parece que fue ayer cuando comenzamos la universidad, tratando de entender todo. Y ahora, aquí estamos, a punto de comenzar el siguiente capítulo."

"Estoy tan orgullosa de ti, Oseas," dijo ella, mirándolo con una sonrisa que hizo que su corazón se hinchara. "Has logrado tanto y nunca te has rendido, incluso cuando las cosas se pusieron difíciles."

"No podría haberlo hecho sin ti," dijo sinceramente. "Has estado ahí para mí en todo, Ivelisse. No sé dónde estaría sin ti."

Ella se sonrojó, sus mejillas teñidas de un suave rosa por el sol poniente. "Siempre estaré aquí para ti, Oseas. No importa lo que venga después."

Caminaron en silencio durante un rato, el peso del momento asentándose. Ambos sabían que el futuro era incierto, lleno de nuevos desafíos y oportunidades. Pero también sabían que mientras se tuvieran el uno al otro, podrían enfrentar lo que viniera.

"He estado pensando," dijo Oseas después de un rato, su voz pensativa. "Sobre el futuro. Sobre nosotros."

Ivelisse lo miró, sus ojos curiosos pero tranquilos. "¿Qué pasa con el futuro?"

"Sé que ya hablamos de esto antes, pero... ahora estoy seguro," dijo Oseas, deteniéndose para mirarla. "Ivelisse, has sido la parte más importante de mi vida durante los últimos años. Me has visto en mis mejores y peores momentos, y nunca has vacilado. Te amo más que a nada, y no quiero imaginar mi futuro sin ti."

Las lágrimas se formaron en los ojos de Ivelisse al darse cuenta de lo que él estaba diciendo. "Oseas..."

Él metió la mano en su bolsillo y sacó una pequeña caja, sus manos temblando ligeramente mientras la abría para revelar un anillo simple y elegante.

"Ivelisse, ¿quieres casarte conmigo?" preguntó, su voz firme pero llena de emoción.

Por un momento, Ivelisse permaneció allí, atónita, con lágrimas cayendo por sus mejillas. Luego, con una sonrisa radiante, lo abrazó. "Sí, Óseas. Sí, claro que sí."

Se quedaron allí, abrazados, mientras el mundo parecía desvanecerse a su alrededor. En ese momento, Oseas supo que este era solo el comienzo de la vida que construirían juntos—una vida llena de amor, fe y la promesa de nuevas aventuras.

En los meses siguientes, Oseas comenzó a prepararse para su carrera como profesor de historia. Consiguió un puesto en una escuela secundaria local, donde enseñaría historia mundial a una nueva generación de estudiantes. Era un sueño hecho realidad: finalmente tendría la oportunidad de compartir su pasión por la historia, para mostrar a sus estudiantes que el pasado no era solo una colección de viejas historias, sino una guía para entender el mundo en el que vivían.

Su relación con su familia continuó creciendo, especialmente con su padre. Héctor, que antes había sido distante y crítico, se había convertido en uno de los mayores apoyos de Oseas. Aún tenían diferencias, pero entre ellos había un nuevo respeto—uno que se había forjado a través de las pruebas que habían enfrentado juntos.

Y con Ivelisse a su lado, Óseas se sentía listo para afrontar cualquier desafío que el futuro le deparara. Habían comenzado a planear su boda, una ceremonia pequeña e íntima rodeada de su familia y amigos más cercanos. Era un nuevo capítulo en sus vidas, uno que ambos estaban emocionados de comenzar.

En una brillante mañana de primavera, justo unos días antes de su boda, Oseas estaba en su aula, escribiendo notas en la pizarra para sus estudiantes. La clase estaba estudiando el Renacimiento, y mientras hablaba sobre el renacer del arte, la cultura y el conocimiento, no podía evitar pensar en su propio viaje—un viaje lleno de luchas y triunfos, cicatrices y gracia.

Cuando sonó la campana y los estudiantes salieron, uno de sus alumnos, un chico callado llamado Luis, se quedó atrás.

"Señor Hernández," dijo Luis vacilante, "solo quería decir que su clase es la razón por la que comencé a gustar de la historia. Antes pensaba que era aburrida, pero la forma en que cuenta las historias... me hace ver las cosas de manera diferente."

Oseas sonrió, su corazón hinchándose de orgullo. "Me alegra escuchar eso, Luis. La historia se trata de historias, y una vez que empiezas a verla de esa manera, se vuelve mucho más interesante."

Luis asintió, mirando hacia sus pies. "Yo... también quería decir gracias. Por escucharme y por entender lo que se siente ser... diferente."

Por un momento, Oseas se sorprendió. No se había dado cuenta del impacto que había tenido en el chico, pero al mirar los ojos de Luis, vio el reflejo de su yo más joven— un chico que había luchado con sus propias cicatrices, tanto físicas como emocionales.

"No estás solo, Luis," dijo Oseas suavemente. "Todos tenemos cosas que nos hacen sentir diferentes. Pero esas cosas no nos definen. Lo que nos define es cómo elegimos vivir nuestras vidas."

Luis sonrió, una pequeña pero genuina sonrisa. "Gracias, Señor Hernández."

Cuando el chico salió del aula, Oseas se quedó allí por un momento, reflexionando sobre lo lejos que había llegado. Había encontrado su lugar en el mundo—no solo como profesor, sino como alguien que había aprendido a abrazar su pasado, sus cicatrices y la gracia que lo había sostenido.

Y mientras se preparaba para dar el siguiente paso en su viaje—tanto en su carrera como en su vida con Ivelisse— Oseas sabía que el futuro era brillante. Cualesquiera que fueran los desafíos que enfrentara, estaba listo para enfrentarlos, con amor, fe y la fortaleza que había ganado a lo largo del camino.

El Viaje Del Amor

La universidad trajo consigo muchos cambios para Óseas. Las clases eran exigentes, los días parecían más cortos y las noches más largas con tareas y ensayos. Pero entre todo ese caos, una cosa permaneció constante: Ivelisse.

Desde el primer día en el campus, ambos hicieron un esfuerzo por mantenerse cerca. Aunque asistían a universidades diferentes, estaban a solo unos kilómetros de distancia, lo que les permitía verse los fines de semana y en algunas tardes después de clase. Sin embargo, mantener una relación a través de horarios ocupados y nuevas responsabilidades no siempre era fácil.

Una noche, después de una larga semana de estudios, Óseas y Ivelisse se encontraron en una cafetería cerca del campus. El lugar estaba casi vacío, con una luz tenue y el suave sonido de jazz de fondo.

—Te ves agotado —dijo Ivelisse, tomando su mano sobre la mesa.

Oseas sonrió con cansancio.

—Lo estoy. Pero estar aquí contigo hace que todo valga la pena.

Ella le devolvió la sonrisa, pero Óseas podía notar la preocupación en sus ojos.

—¿Cómo te has sentido con todo esto? —preguntó ella—. Con la universidad, la distancia... nosotros.

Oseas tomó un momento para responder.

—Ha sido difícil, no voy a mentir. Hay días en los que apenas tengo tiempo para respirar. Pero cada vez que te veo, cada vez que hablamos... recuerdo por qué seguimos luchando por esto.

Ivelisse apretó su mano.

—Yo siento lo mismo. Pero a veces me preocupa que nos estemos alejando. No quiero que lo que tenemos se desvanezca con el tiempo.

Oseas negó con la cabeza y entrelazó sus dedos con los de ella.

—Eso no va a pasar. Porque esto no es solo una relación para mí, Ivelisse. Es un compromiso. Un viaje que estamos haciendo juntos.

Ella sonrió, con los ojos brillando con emoción.

—Entonces, prometamos algo —dijo—. Sin importar qué tan ocupados estemos, siempre encontraremos tiempo para el otro.

—Lo prometo —dijo Óseas, con total certeza.

Los meses pasaron y, aunque hubo desafíos, cumplieron su promesa. Se apoyaban mutuamente en sus estudios, encontraban formas de sorprenderse con pequeños gestos y, lo más importante, nunca dejaban de comunicarse.

Un sábado por la tarde, mientras caminaban por el parque después de un día de estudio, Ivelisse se detuvo de repente y lo miró con una mezcla de emoción y nerviosismo.

—Osea... he estado pensando mucho en nuestro futuro.

Él levantó una ceja, curioso.

—¿Sí?

Ella respiró hondo.

—Sé que aún estamos en la universidad, pero cuando pienso en mi vida después de esto... siempre te veo a mi lado.

El corazón de Oseas latió más rápido.

—Yo también me veo contigo, Ivelisse. No tengo dudas sobre eso.

Ella sonrió, relajándose un poco.

—Entonces, sigamos construyendo esto juntos. Sin importar los desafíos, sin importar lo que venga... sigamos adelante, paso a paso.

Óseas la abrazó con fuerza, sintiendo la certeza de su amor en cada latido de su corazón.

Sabía que el camino no siempre sería fácil. Pero con Ivelisse a su lado, no tenía miedo.

Porque el amor no era solo un sentimiento. Era un viaje. Y él estaba dispuesto a recorrerlo con ella, sin importar a dónde los llevará.

Construyendo Un Legado

Meses después de su boda, Oseas e Ivelisse se establecieron en su vida juntos como marido y mujer. Los primeros días del matrimonio los acercaron aún más, con momentos de alegría y descubrimiento mientras comenzaban a construir la vida que siempre habían soñado. Su pequeño apartamento se llenó de risas, comidas compartidas y charlas nocturnas sobre sus esperanzas para el futuro.

Oseas continuó enseñando historia mundial en la escuela secundaria local. Su pasión por la historia era contagiosa, y sus estudiantes respondían a su entusiasmo con curiosidad y emoción. Todos los días, Oseas entraba al aula con un sentido de propósito. No solo quería enseñar hechos y fechas, sino que quería inspirar a sus estudiantes a ver la historia como una colección de historias, lecciones y experiencias humanas que pudieran guiarlos en sus propias vidas.

Una tarde, después de una lección particularmente fascinante sobre el Renacimiento, una de sus estudiantes, Maya, se quedó después de clase para hablar con él.

"Señor Hernández," dijo, con una tímida sonrisa en su rostro, "solo quería agradecerle. Nunca me gustó mucho la historia antes de su clase, pero usted hace que se sienta... real. Como si no fuera solo algo del pasado, sino algo que importa hoy."

Oseas sonrió, su corazón se calentó con sus palabras. "Eso es exactamente lo que quiero que veas, Maya. La historia es más que solo historias del pasado. Es un espejo que nos ayuda a entendernos a nosotros mismos y el mundo en el que vivimos."

Ella asintió pensativa. "Nunca lo había pensado así. Realmente ha cambiado la forma en que veo las cosas."

Cuando ella salió del aula, Óseas sintió una profunda sensación de satisfacción. Momentos como ese le recordaban por qué había elegido este camino. Sus cicatrices alguna vez lo habían hecho sentir aislado, pero ahora, eran parte de la razón por la cual se conectaba con sus estudiantes. Entendía lo que era sentirse diferente, luchar y superar desafíos. Y debido a eso, podía llegar a los estudiantes de una manera que iba más allá de los libros de texto.

En casa, Oseas e Ivelisse se preparaban para un nuevo capítulo en sus vidas. Habían aprendido recientemente que Ivelisse estaba embarazada, y la noticia había llenado sus corazones de emoción y nerviosismo. La idea de convertirse en padres se sentía a la vez emocionante y abrumadora.

Una noche, mientras estaban juntos en el sofá, Ivelisse puso suavemente su mano sobre su creciente vientre. "¿Puedes creer que vamos a ser padres?" preguntó suavemente, con los ojos llenos de asombro.

Oseas sonrió y extendió su mano para colocarla sobre la de ella. "Se siente surrealista, ¿verdad? Pero estoy tan emocionado. No puedo esperar para conocer a nuestro pequeño."

"Estoy un poco asustada," admitió Ivelisse, con la voz apenas por encima de un susurro. "¿Y si no estamos listos? ¿Y si cometemos errores?"

Oseas apretó su mano suavemente. "Vamos a cometer errores, Ivelisse. Pero está bien. Lo resolveremos juntos, como hemos resuelto todo lo demás. Y vamos a amar a este bebé con todo lo que tenemos. Eso es lo que más importa."

Su sonrisa regresó, y se inclinó hacia él, descansando su cabeza sobre su hombro. "Tienes razón. Siempre hemos sido un equipo. Y seremos un gran equipo como padres."

Se quedaron juntos en un cómodo silencio, sus manos descansando protectoras sobre la vida que crecía dentro de ella. No tenían todas las respuestas, pero tenían fe. Tenían amor. Y eso era suficiente.

A medida que pasaban los meses, Oseas e Ivelisse se preparaban para la llegada de su bebé. Pintaron la habitación del bebé en suaves tonos de amarillo y gris, compraron ropita pequeña y leyeron libros sobre la crianza juntos. Cada día traía una nueva emoción, y encontraban alegría al imaginar cómo sería su vida una vez que su bebé llegará.

Un día, mientras Oseas estaba en el trabajo, Héctor lo llamó. En los últimos años, su relación había seguido mejorando. Ya no eran solo padre e hijo; se habían convertido en amigos, confidentes. Héctor había abrazado su rol como un padre solidario, y también estaba emocionado por convertirse en abuelo.

"Oseas, he estado pensando," comenzó Héctor, con su voz pensativa al otro lado del teléfono. "Sé que no siempre estábamos de acuerdo cuando eras más joven. Y me arrepiento de muchas de las cosas que dije y hice. Pero quiero que sepas que estoy orgulloso de ti. El hombre en el que te has convertido... es más de lo que jamás podría haber esperado. Y estoy emocionado de verte convertirte en padre."

Oseas guardó silencio por un momento, dejando que las palabras de su padre calaran en su corazón. Había tomado años llegar a este punto, pero escuchar esas palabras lo llenó de una profunda gratitud. "Gracias, papá. Eso significa mucho. Y tengo ganas de verte como abuelo."

Compartieron algunas palabras más antes de colgar, y cuando Óseas regresó a su aula, sintió una sensación de paz. Su relación con su padre había sido uno de los aspectos más desafiantes de su vida, pero ahora, era una fuente de fuerza.

Finalmente llegó el día en que Ivelisse comenzó a laborar. Fue un torbellino de emociones mientras se apresuraban al hospital, la emoción y los nervios recorrían sus cuerpos. Horas después, cuando el sol comenzaba a salir, escucharon los primeros llantos de su hija recién nacida, un sonido que quedaría grabado para siempre en sus corazones.

Oseas sostuvo a su pequeña hija en sus brazos, sus delicadas características tan perfectas, tan llenas de promesas. Su corazón se llenó de amor, un amor tan intenso e incondicional que le quitó el aliento.

"Es hermosa," susurró Ivelisse, con los ojos llenos de lágrimas mientras los observaba juntos.

Oseas asintió, su voz cargada de emoción. "Es perfecta."

La llamaron Esperanza, que significa "esperanza", un recordatorio de la fe y la fortaleza que los había acompañado durante su viaje. Esperanza era un símbolo de todo lo que habían superado y de todo lo que construirían juntos como familia.

En los meses siguientes, Oseas e Ivelisse abrazaron sus nuevos roles como padres. La vida era ajetreada y a veces agotadora, pero estaba llena de más amor del que jamás habían imaginado. Su hogar resonaba con los suaves sonidos de las risas del bebé, las canciones de cuna nocturnas y las oraciones susurradas de gratitud.

Oseas siguió enseñando, equilibrando su pasión por su trabajo con su compromiso con su creciente familia. Descubrió que ser padre le daba una nueva perspectiva sobre la vida, profundizando su comprensión de las luchas y los triunfos que conformaban la historia. Y, a su vez, esto enriqueció su enseñanza, convirtiéndolo en un educador aún más compasivo e inspirador.

Una noche, mientras Oseas estaba en su estudio, calificando papeles, Ivelisse entró cargando a Esperanza, que se había quedado dormida. Le colocó a su hija en los brazos, y Óseas sonrió al ver su pequeño rostro pacífico.

"Estaba pensando en algo," dijo Ivelisse suavemente, sentándose a su lado.

"¿Qué es?" preguntó Óseas, levantando la vista hacia ella.

"Nuestra historia. Todo lo que hemos vivido. La forma en que Dios ha estado con nosotros en cada paso del camino. Creo que... tal vez deberíamos escribirla. Compartirla con otros. Hay tantas personas allá afuera que necesitan saber que las cicatrices no nos definen, que la gracia nos lleva adelante."

Oseas la miró, su corazón lleno de amor y admiración. "Tienes razón," dijo, asintiendo lentamente. "Nuestra historia podría ayudar a otros. Mostrarles que, con fe y amor, pueden superar cualquier cosa."

Y así, juntos, comenzaron el proceso de escribir su historia—una historia de cicatrices y gracia, de amor y fe, de desafíos y triunfos. Era una historia que recordaría a los demás que, sin importar lo que enfrentaran, nunca estarían solos.

Cicatrices Que Brillan

Pasaron dos años y la vida se asentó en un ritmo que se sentía tanto familiar como nuevo. Oseas e Ivelisse habían abrazado sus roles como padres, equilibrando las alegrías y los desafíos de criar a su hija Esperanza mientras también perseguían sus propias pasiones. Esperanza, ahora una curiosa niña pequeña, trajo risas y amor interminables a su hogar, llenando sus días de asombro.

La carrera de Oseas como maestro de historia continuaba floreciendo. Se había ganado el cariño de sus estudiantes y colegas, y su aula era conocida como un lugar donde la historia cobraba vida. Su enfoque único, mezclando lecciones del pasado con reflexiones sobre el presente, ayudaba a sus estudiantes a ver lo profundamente conectados que estaban con el mundo que los rodeaba. Incluso había comenzado a liderar talleres para otros maestros sobre cómo inspirar a sus estudiantes a ver la historia como una materia viva y en constante evolución.

Pero a pesar de la estabilidad y la felicidad en su vida, Óseas a menudo se encontraba reflexionando sobre sus cicatrices pasadas, tanto físicas como emocionales. Aunque ya había aceptado la cicatriz del labio leporino que lo había marcado desde su nacimiento, no podía evitar pensar en el viaje que lo había llevado hasta donde estaba ahora. Y aunque había sanado de muchas maneras, sabía que las cicatrices no eran solo marcas que desaparecían; eran historias grabadas en la piel, recuerdos tejidos en el corazón.

Una tarde, mientras calificaba papeles en su estudio, Óseas recibió un mensaje de su madre. Ella le preguntó si podía visitar a su padre Héctor, quien no se sentía bien. Aunque la salud de Héctor había sido relativamente estable a lo largo de los años, había habido momentos de enfermedad. Oseas aceptó de inmediato, sabiendo que su relación con su padre se había profundizado de maneras que nunca habría imaginado hace una década.

Esa misma noche, Óseas se encontró conduciendo hacia la casa de su infancia. Las calles se sentían familiares, pero a la vez distantes, como si pertenecieran a otra vida. Cuando llegó, su madre lo recibió en la puerta, su rostro marcado por la preocupación pero suavizado por una sonrisa amable.

"Está en la sala," dijo, abrazándolo. "Ha estado cansado últimamente, pero está de buen ánimo. Creo que ha estado esperándote."

Oseas asintió, sintiendo una ola de emoción elevarse en su pecho mientras caminaba por la casa. Los recuerdos de su infancia, la tensión y la distancia que alguna vez existieron entre él y su padre, se sentían como fantasmas en las paredes. Pero al entrar en la sala, vio a Héctor sentado en su silla favorita, una manta sobre sus piernas y una cálida sonrisa en su rostro.

"Oseas, hijo mío," dijo Héctor, su voz más suave de lo habitual. "Qué bueno verte."

Óseas se acercó, sentándose junto a su padre. "También es bueno verte, papá. ¿Cómo te sientes?"

Héctor soltó una risa suave, aunque estaba claro que el cansancio lo pesaba. "Estoy bien. Supongo que solo estoy envejeciendo. Pero últimamente he estado pensando mucho en la vida. En las cosas que realmente importan."

Oseas levantó una ceja, sintiendo que su padre tenía algo importante en mente. "¿Qué has estado pensando?"

Héctor lo miró, sus ojos llenos de una intensidad tranquila. "Sobre ti. Sobre todo lo que hemos vivido. Sé que no siempre fui el padre que necesitabas. Fui demasiado duro contigo, demasiado enfocado en lo que yo creía que estaba bien en lugar de entenderte por lo que eres."

Oseas escuchó en silencio, sintiendo el peso de las palabras de su padre.

"Quiero que sepas," continuó Héctor, "que te he estado observando todos estos años. He visto al hombre en el que te has convertido, y estoy muy orgulloso de ti. No solo por tu carrera o tu familia, sino por la forma en que has manejado todo lo que la vida te ha puesto enfrente. Tomaste los desafíos, las cicatrices, y los convertiste en algo hermoso. No podría estar más orgulloso."

Las lágrimas comenzaron a brotar en los ojos de Oseas mientras escuchaba las palabras de su padre. Durante tanto tiempo, había deseado este tipo de reconocimiento, esta afirmación de que siempre había sido suficiente a los ojos de su padre. Ahora, al oírlo, sintió una sensación de paz invadirlo.

"Gracias, papá," dijo Oseas suavemente. "Eso significa más para mí de lo que imaginas. Y estoy orgulloso de la manera en que hemos crecido juntos. Sé que tuvimos nuestras luchas, pero no cambiaría nada. Eso nos hizo lo que somos."

Héctor sonrió, su mano descansando suavemente sobre el hombro de Oseas. "Eres un buen hombre, Oseas. Y me has enseñado más de lo que yo te enseñé."

Se quedaron sentados juntos durante un buen rato, hablando en voz baja sobre el pasado, el futuro y todo lo que había entre medio. Los años de tensión se habían derretido, dejando solo amor y respeto mutuo.

En las semanas siguientes, la salud de Héctor continuó deteriorándose. Aunque los médicos mantenían la esperanza, la realidad de su condición era desalentadora. Oseas lo visitaba con frecuencia, pasando tiempo con su padre y atesorando los momentos que compartían. Y a través de todo eso, su vínculo se fortaleció aún más.

Fue durante este tiempo difícil que Oseas se dio cuenta de cuánto su fe lo había sostenido a lo largo de los altibajos de la vida. El cristianismo había sido su ancla, guiándolo a través de cada desafío, desde las luchas de su infancia hasta su relación con su padre. Y ahora, al enfrentar la posibilidad de perder a Héctor, se apoyaba en esa fe más que nunca.

Una noche, mientras estaba sentado junto a la cama de su padre, Héctor le pidió que oraran juntos. Fue un momento tranquilo e íntimo, lleno del tipo de conexión que las palabras no podían capturar completamente. Mientras inclinaban sus cabezas juntos, Oseas sintió una profunda gratitud: por la sanación que había tenido lugar entre ellos, por el amor que había crecido con el tiempo, y por el conocimiento de que, pase lo que pase, siempre estarían conectados por algo más grande que ellos mismos.

Las semanas se convirtieron en meses, y la salud de Héctor finalmente se estabilizó. Aunque ya no era tan fuerte como antes, seguía siendo una presencia en la vida de Oseas, observando con orgullo cómo su hijo seguía construyendo una vida llena de amor y propósito.

Al reflexionar sobre todo lo que había sucedido, Oseas se dio cuenta de que sus cicatrices, tanto físicas como emocionales, se habían convertido en parte de una historia más grande. No eran marcas de debilidad o fracaso; eran símbolos de resiliencia, fe y gracia. Y al final, lo habían ayudado a convertirse en el hombre que siempre estaba destinado a ser.

La Fuerza En La Redencion

La vida tenía una forma de desarrollarse de maneras inesperadas, y Óseas había aprendido que, a veces, en los momentos más desafiantes, había una invitación a rendirse, a soltar el control y confiar en que Dios tenía un plan, incluso cuando el camino parecía incierto. Después del susto con la salud de su padre, Óseas se encontró reflexionando sobre cómo su vida había sido moldeada por las personas a su alrededor, el amor que sentía por Ivelisse y Esperanza, y la manera en que sus cicatrices se habían transformado en símbolos de fortaleza.

Los primeros días del verano trajeron una sensación de paz a su hogar. Los días eran largos, llenos de risas, tardes perezosas y momentos de reflexión silenciosa. Óseas llevaba a Esperanza al parque, donde ella corría riendo mientras perseguía mariposas o intentaba trepar en los juegos infantiles. Ivelisse había asumido un papel más activo en el ministerio de música de la iglesia, ayudando a dirigir la adoración los domingos. Sus vidas estaban llenas de significado, pero Óseas sabía que algo más profundo se estaba despertando dentro de él.

Una noche, sentado en su silla favorita, con los dedos trazando distraídamente la cicatriz en su labio, sintió un llamado a reconectarse con la música que había llegado a su vida como un medio de sanación. El piano, que una vez fue su manera de expresarse, había estado inactivo durante años. Dejó de tocar a los catorce años, inseguro de poder equilibrar las exigencias de la escuela, la familia y la vida. Pero ahora, mientras miraba el piano que había sido un regalo de Ivelisse, supo que era momento de volver a intentarlo.

"Ivelisse, ¿te importa si toco un poco?" preguntó mientras se ponía de pie y caminaba hacia el piano en la esquina de la sala.

Ivelisse, que estaba ordenando la cocina, le sonrió. "Por supuesto. Creo que ha pasado un tiempo desde la última vez que tocaste."

Óseas se sentó y dejó sus dedos suspendidos sobre las teclas por un momento. Una sensación de reverencia llenó la habitación y, con un profundo suspiro, comenzó a tocar. Las primeras notas fueron vacilantes, inseguras, pero poco a poco, la melodía familiar regresó a él. Era un viejo himno que su abuela solía cantar en la iglesia, un canto de fe, esperanza y amor. Sus dedos encontraron el ritmo, las notas fluyeron con más facilidad y la música llenó el espacio a su alrededor.

Por primera vez en años, Óseas sintió una profunda paz. La música era más que sonido: era una ofrenda, una oración, un recordatorio de que su vida era más que las cicatrices que llevaba. El piano, que alguna vez sintió como una carga, ahora se sentía como un regalo, una forma de expresar las partes más profundas de su ser.

Cuando las últimas notas del himno se desvanecieron en el silencio de la habitación, Ivelisse se acercó y se sentó a su lado, con los ojos llenos de amor y comprensión.

"Eso fue hermoso," dijo, colocando su mano sobre la de él. "Me alegra que estés tocando de nuevo."

Óseas la miró, su corazón lleno. "Se siente bien. Como si hubiera redescubierto algo que siempre estuvo ahí, esperando a que lo retomara."

Ella sonrió y le besó la mejilla. "Estoy muy orgullosa de ti, Oseas. Siempre has sido fuerte, pero es hermoso verte abrazar las cosas que te traen paz y alegría."

Se quedaron sentados juntos por un rato, dejando que el peso del día se disipara en ese momento de calma. Oseas sabía que el camino que había recorrido, lleno de obstáculos y cicatrices, aún no terminaba. Pero se había convertido en algo más. Se había transformado en una historia de gracia, de perdón, de redención.

Semanas después, Oseas fue invitado a tocar el piano en un evento de la iglesia. Era una oportunidad para volver al ministerio de la música, y aunque sentía los nervios de antes, no podía evitar sentirse emocionado. La invitación le recordó cuánto había avanzado, no solo en su camino musical, sino también en su fe.

La noche del evento, la iglesia estaba llena. La gente se había reunido para una noche especial de adoración, oración y compañerismo. Cuando Oseas se acercó al piano, el familiar aroma de la madera y el marfil flotó en el aire. Sus dedos tocaron suavemente las teclas y, por un momento, pudo oír el eco de su propio corazón latiendo en el silencio.

Pero entonces, cuando los primeros acordes resonaron, algo dentro de él cambió. Los nervios desaparecieron, reemplazados por un profundo sentido de propósito.

Ivelisse dirigía el equipo de adoración esa noche, su voz fuerte y segura mientras cantaba. La congregación se unió, sus voces elevándose en una hermosa armonía. Oseas tocó, sus manos moviéndose fluidamente sobre las teclas, cada nota impregnada de gracia y gratitud. Nunca había tocado así antes. No había miedo, ni dudas, solo una conexión profunda con la música, con Dios y con las personas a su alrededor.

Después del servicio, varias personas se acercaron a felicitarlo por su interpretación. Pero no fueron los elogios lo que llenó su corazón, sino la sensación de plenitud que sentía en lo más profundo de su ser. La música siempre había sido parte de él, pero ahora se sentía como un ministerio. Era una ofrenda, no solo a Dios, sino a quienes necesitaban escuchar Su amor a través de las melodías.

Más tarde esa semana, Óseas se sentó con Ivelisse en la sala, conversando sobre su futuro. Hablaron de sus esperanzas para Esperanza, de sus sueños de viajar y del tipo de legado que querían dejar atrás. Mientras hablaban, comenzaron a considerar la idea de fundar una organización sin fines de lucro que ofreciera becas a estudiantes que deseaban estudiar pero carecían de recursos económicos. Era una visión que Oseas había tenido en su corazón por un tiempo, y ahora, podía sentir cómo cobraba vida dentro de él nuevamente.

"Podríamos empezar de a poco," dijo Oseas, "quizás ofreciendo una o dos becas al principio, y luego expandirnos. Podríamos asociarnos con negocios locales, iglesias y escuelas para correr la voz."

Ivelisse sonrió, sus ojos brillando de emoción. "Me encanta la idea. Hemos recibido tanto... ¿cómo no compartirlo con otros? Es hora de devolver, de marcar la diferencia en la vida de las personas."

Juntos, comenzaron a esbozar su visión, creando un plan para hacer realidad su sueño. Sabían que no sería fácil, pero también sabían que era lo correcto. Su fe los había sostenido a través de muchos desafíos, y ahora, era momento de extender esa misma gracia y amor a otros.

Con el tiempo, la organización comenzó a tomar forma. Oseas e Ivelisse trabajaron incansablemente, entregando su corazón al proyecto. Organizaron eventos de recaudación de fondos, construyeron relaciones con escuelas locales y crearon una red de personas apasionadas por ayudar a los estudiantes a alcanzar sus sueños. No pasó mucho tiempo antes de que otorgaran sus primeras becas, brindando oportunidades a jóvenes con talento pero sin medios económicos.

Una tarde, conocieron a una joven llamada Laura, quien había recibido una de sus becas. La familia de Laura enfrentaba dificultades financieras, pero ella era una estudiante brillante con el sueño de convertirse en doctora. Sus ojos brillaban con esperanza mientras hablaba de su futuro.

"Muchas gracias," dijo Laura con la voz temblorosa por la emoción. "Nunca pensé que podría ir a la universidad. Pero ahora... siento que mis sueños realmente son posibles. Ya no tengo que rendirme."

Oseas sonrió, sintiendo su corazón hincharse de orgullo. "Esto es solo el comienzo, Laura. Tienes la capacidad de cambiar el mundo. Nosotros solo te ayudamos a abrir una puerta. Ahora, depende de ti atravesarla."

Esa noche, mientras Óseas miraba el atardecer desde la ventana, supo que había encontrado su verdadero propósito: marcar una diferencia en la vida de otros.

Un Legado de Gracia

Los días posteriores al lanzamiento de la organización sin fines de lucro estuvieron llenos de actividad, emoción e, incluso, un poco de ansiedad. Oseas e Ivelisse trabajaban incansablemente juntos, navegando los desafíos logísticos de la organización mientras también manejaban sus vidas cotidianas. Pero en medio del caos, había un sentido innegable de propósito. Estaban construyendo algo significativo, algo que no sólo transformaría la vida de estudiantes como Laura, sino que también dejaría un impacto duradero en su comunidad y en las generaciones venideras.

Una mañana, mientras Óseas se preparaba para otro día ocupado enseñando, se encontró reflexionando sobre cuánto había cambiado su vida a lo largo de los años. Sus primeros años habían estado marcados por la incertidumbre: por las cicatrices que lo marcaban física y emocionalmente, por la tensión con su padre, por la sensación de ser diferente. Pero ahora, estando al borde de un nuevo capítulo en su vida, veía la historia de una manera diferente.

Las cicatrices que una vez sintió como cargas ahora se sentían como testimonios. La fe que lo había sostenido en los momentos más oscuros se había convertido en la base del futuro de su familia. Y su camino con Ivelisse, con su hija Esperanza, con la iglesia y con los estudiantes a los que enseñaba, lo había llevado hasta este lugar —este lugar donde la gracia no era solo algo que recibía, sino algo que podía ofrecer al mundo.

Era una soleada tarde de jueves cuando celebraron su primera gala oficial de recaudación de fondos para la organización sin fines de lucro. El evento se llevó a cabo en el centro comunitario local, e invitaron a amigos, familiares y negocios locales para que se sumaran al apoyo de su causa. La sala estaba llena de risas y conversaciones mientras las personas socializaban, compartiendo historias sobre cómo la misión de la organización los había impactado.

Óseas se encontraba al frente de la sala, su corazón latiendo con una mezcla de nervios y emoción. Este evento era un hito, uno que determinaría cuánto podrían hacer para ayudar a los estudiantes necesitados. No estaba nervioso por hablar en público—con el tiempo se había vuelto bastante cómodo al dirigirse a audiencias—pero sí le preocupaba si las personas comprenderían el verdadero propósito detrás de su trabajo.

Se acercó al micrófono, y la charla se apagó mientras la sala volvía su atención hacia él.

"Buenas noches a todos," comenzó, con una voz firme pero cargada de emoción. "Quiero agradecerles a todos por estar aquí esta noche y por su apoyo. Cuando comenzamos esta organización sin fines de lucro, era solo un sueño—una idea que Ivelisse y yo tuvimos. Queríamos ayudar a estudiantes con grandes sueños pero sin los medios para alcanzarlos. Queríamos darles las oportunidades que muchos de nosotros damos por sentadas."

Hizo una pausa, observando los rostros frente a él. No solo veía donantes y simpatizantes, sino también el potencial de cambio en cada persona. Continuó, su voz adquiriendo más pasión.

"Estoy aquí frente a ustedes no solo como maestro, no solo como padre, sino como alguien que ha vivido el mismo camino que muchos de estos estudiantes están a punto de recorrer. Sé lo que se siente creer que no eres suficiente—sentir que todo está en tu contra. Pero también sé lo que es superar esos desafíos, encontrar la fuerza para seguir adelante incluso cuando todo parece imposible. Y eso es lo que estamos ofreciendo esta noche—una oportunidad para que otros también se levanten."

Podía sentir cómo las emociones lo invadían mientras hablaba. Su historia, sus cicatrices, lo habían llevado hasta aquí—a este momento de vulnerabilidad y esperanza. Había pasado tantos años creyendo que sus cicatrices eran un signo de debilidad, pero ahora comprendía que eran una muestra de su fortaleza.

"Quiero agradecerles a todos, desde el fondo de mi corazón, por creer en esta misión," finalizó, con la voz quebrada por la emoción. "Estamos construyendo algo que perdurará. Estamos construyendo un legado de gracia."

La sala estalló en aplausos, y Oseas retrocedió del podio, su corazón latiendo con fuerza. Sintió un orgullo y una satisfacción que nunca antes había experimentado. Era como si, en ese momento, todo lo que había vivido—el dolor, las luchas, las cicatrices—lo hubieran conducido hasta este propósito. Y no estaba solo. Ivelisse estaba allí a su lado, su mano descansando suavemente en su espalda, sus ojos llenos de amor y orgullo.

Los siguientes meses fueron un torbellino de actividad. Las donaciones fluyeron de generosos simpatizantes, y la organización sin fines de lucro comenzó a marcar una verdadera diferencia en la vida de los estudiantes. Otorgaron más becas, ayudando a aquellos que tenían el potencial pero carecían de los medios para asistir a la universidad. A medida que la organización crecía, Oseas e Ivelisse comenzaron a ver el impacto de su trabajo de maneras que nunca hubieran imaginado.

Pero no era solo el apoyo financiero lo que importaba—era la forma en que la comunidad se había unido para respaldar a estos estudiantes. Las empresas donaban suministros, las iglesias abrían sus puertas para eventos de recaudación de fondos, y voluntarios locales ofrecían su tiempo para orientar a los estudiantes. Era un recordatorio hermoso de que cuando las personas se unen por una causa más grande que ellas mismas, cosas increíbles pueden suceder.

Una noche, después de un evento particularmente exitoso, Ivelisse y Oseas se sentaron en el porche de su casa, tomando té y observando la puesta de sol sobre las colinas. Esperanza estaba adentro, jugando con sus juguetes, y por primera vez en mucho tiempo, tenían un momento de tranquilidad para ellos.

"Todavía no puedo creer hasta dónde hemos llegado," dijo Ivelisse suavemente, sus ojos reflejando el resplandor del sol poniente. "Se siente como un sueño."

Oseas sonrió, su corazón lleno. "Lo sé. Es como si todo por lo que hemos trabajado finalmente estuviera tomando forma."

Ivelisse apoyó su cabeza en su hombro, su voz suave pero llena de convicción. "Has llegado muy lejos, Oseas. Has convertido tus cicatrices en algo hermoso."

Oseas besó la cima de su cabeza, su mano descansando suavemente sobre la de ella. "Lo hemos hecho juntos. Tu apoyo, tu amor y tu fe en mí—eso es lo que ha hecho toda la diferencia."

Permanecieron en silencio por un rato, la tranquilidad de la noche envolviéndolos como una manta suave. Y en ese momento, Óseas comprendió que el camino no se trataba solo de superar obstáculos. Se trataba de abrazar los desafíos, de ver cada cicatriz y cada tropiezo como parte de una historia más grande. Se trataba de gracia—la gracia que lo había sostenido en sus momentos más oscuros, la gracia que lo había ayudado a sanar, y la gracia que ahora lo impulsaba hacia el futuro.

Meses después, mientras Óseas se preparaba para el comienzo de un nuevo año escolar, reflexionó sobre cuánto había cambiado todo. Su relación con su padre había crecido aún más, y ahora compartían un vínculo basado en el respeto mutuo y la comprensión. Héctor, quien había estado entrando y saliendo del hospital en los últimos años, estaba mejor. Se había mudado con Oseas e Ivelisse después de que su salud se deteriorara, y ellos lo cuidaban con el mismo amor y dedicación que habían recibido en sus propios momentos difíciles.

El primer día de clases, Óseas se miró en el espejo, ajustándose la corbata. Pensó en sus estudiantes, en aquellos que entrarían a su aula, cada uno con sus propias cicatrices, sus propias luchas y sus propios sueños. Quería que vieran que, sin importar de dónde vinieran o lo que hubieran atravesado, tenían el potencial de lograr grandes cosas.

"Estoy listo," susurró para sí mismo.

Y en ese momento, comprendió que este era su verdadero legado—el legado de la gracia.

El Corazón De Un Maestro

El año escolar había comenzado, y con él llegaron nuevos desafíos. Pero para Óseas, este era el papel más gratificante que jamás había asumido. Estar de pie frente a un aula llena de estudiantes, cada uno con sus propios sueños y dificultades, era como entrar en un campo de misión. Para él, no eran solo estudiantes; eran individuos, cada uno con una historia propia, un camino que él podía ayudar a guiar, tal como otros lo habían guiado a él.

Su aula era un refugio seguro. Las paredes estaban adornadas con mapas históricos, citas célebres y una pizarra desgastada por años de uso. Pero lo que hacía especial el ambiente era el aire cargado de curiosidad y potencial. Sus estudiantes no solo aprendían sobre el pasado, sino que veían cómo este se conectaba con sus propias vidas. La historia no era solo una serie de fechas y eventos, sino un reflejo de la experiencia humana.

Oseas comenzaba cada día con una pregunta, una manera de estimular la conversación y hacer que sus alumnos pensaran más allá del libro de texto. Los alentaba a pensar críticamente, a cuestionar el statu quo y, lo más importante, a creer en su capacidad de dar forma al futuro. Compartía historias de figuras históricas que habían superado grandes adversidades, usándolas como ejemplos de lo que la resiliencia y la determinación podían lograr.

Un día, un estudiante llamado David, un joven callado con una mente aguda pero una autoestima baja, se quedó después de clase. Oseas había notado su potencial desde el principio, pero también percibía una profunda lucha interna. Sus hombros siempre estaban encorvados, su mirada generalmente baja, como si estuviera escondiendo algo del mundo.

—Señor Hernández —comenzó David con timidez—, ¿puedo hablar con usted un momento?

—Por supuesto —respondió Óseas, dejando a un lado los papeles que estaba calificando—. ¿Qué tienes en mente?

David se movió incómodo, mirando sus pies.

—Yo... no sé si sirvo para esto. La historia, quiero decir. No veo por qué importa. No soy bueno en nada más tampoco. Simplemente... no creo que alguna vez llegue a ser alguien.

Oseas sintió que su corazón se estremecía. Reconoció la misma duda que lo había atormentado en su juventud, esa duda que amenazaba con aplastar los sueños de una persona antes de que pudieran despegar. Se inclinó hacia adelante, hablando con una suavidad que solo viene con la experiencia.

—David, déjame decirte algo —dijo Óseas con gentileza—. Cuando tenía tu edad, me sentía igual. Creía que no era lo suficientemente bueno, que a nadie le importaban mi historia, mis luchas, mis cicatrices. Pero esas cosas, precisamente las que te avergüenzan, son las que te harán más fuerte. La historia no solo nos enseña sobre reyes y imperios; nos enseña sobre las personas, sobre superar obstáculos. Tu historia importa. Tú importas.

David levantó la mirada, con escepticismo, pero también con un destello de esperanza en los ojos.

—Tal vez ahora no lo veas —continuó Óseas—, pero hay un fuego en ti. No tienes que saber aún hacia dónde vas, pero te prometo que el camino te revelará tu propósito. La historia no es solo para aprender sobre el pasado; es para entender quiénes somos hoy y cómo podemos cambiar el futuro.

David asintió lentamente, con una mezcla de incertidumbre y nueva curiosidad en su expresión.

—Nunca lo había pensado de esa manera.

Oseas sonrió.

—Yo tampoco, al principio. Pero créeme, David, todos tenemos algo que dar. No necesitas tenerlo todo resuelto ahora. Solo da un paso a la vez. Y yo estaré aquí, apoyándote.

Cuando David salió del aula ese día, Óseas sintió una profunda satisfacción. Momentos como ese le recordaban por qué estaba allí, por qué había elegido ser maestro. No solo enseñaba historia; les enseñaba a sus alumnos cómo navegar sus propias historias, cómo encontrar fortaleza en sus cicatrices y gracia en su camino.

Durante las siguientes semanas, David comenzó a mostrar señales de transformación. Participaba más en clase, hablaba en las discusiones y hacía preguntas sobre eventos históricos que se relacionaban con su propia vida. Oseas lo observaba, sabiendo que los estudiantes más callados a menudo escondían el mayor potencial. Y con cada día que pasaba, David parecía florecer.

Una tarde, después de clase, David se le acercó nuevamente. Esta vez, parecía más seguro de sí mismo: sus hombros estaban erguidos, su postura más abierta.

—Señor Hernández, creo que ahora lo entiendo —dijo David con una tímida sonrisa—. No solo sobre la historia… sino sobre cómo verme a mí mismo. Antes pensaba que era un fracaso, que no podía hacer nada bien. Pero ahora creo… creo que tal vez pueda hacer algo con esto. Estoy empezando a entender que hay más en mí de lo que me han hecho creer toda mi vida.

Oseas sintió un nudo en la garganta y miró al joven con ternura.

—David, tienes más fuerza de la que imaginas. Y ahora estás comenzando a verla tú mismo. Ese es el primer paso.

La conversación fue breve, pero se sintió como una pequeña victoria. Oseas sabía que David aún tenía un largo camino por recorrer, pero era evidente que estaba en la dirección correcta. En ese momento, Oseas comprendió algo profundo: enseñar no era solo transmitir conocimientos. Era plantar semillas, semillas de confianza, propósito y fe en uno mismo.

A medida que avanzaba el año escolar, Oseas comenzó a ver más cambios en sus estudiantes. Estaban más dispuestos a abrirse, a compartir sus sueños y enfrentar sus miedos. Su aula se había convertido en un espacio de crecimiento, donde las lecciones de historia se entrelazaban con las vidas de sus alumnos. Y para Óseas, esto era un recordatorio de que enseñar era una forma de ministerio, una forma de transmitir a otros lo mismo que sus propios mentores le habían transmitido a él.

También notó cambios sutiles en su relación con Ivelisse. Su vínculo se había profundizado con los años y se habían convertido en compañeros en todo sentido. Compartían la responsabilidad de criar a Esperanza, administrar la organización sin fines de lucro y apoyarse mutuamente en los altibajos de la vida. Pero ahora, al acercarse la temporada navideña, Óseas sintió un renovado sentido de propósito. Quería construir un futuro donde no solo sirvieran a su familia y comunidad, sino también vivieran el legado de gracia que había moldeado sus vidas.

Una noche, después de acostar a Esperanza, se sentó con Ivelisse en el sofá, su mano descansando sobre la de ella. Habían pasado años construyendo algo juntos, y ahora, más que nunca, quería asegurarse de que estuvieran alineados en su visión del futuro.

—Ivelisse, he estado pensando —comenzó, con voz seria pero llena de esperanza—. En el futuro. En lo que estamos construyendo aquí: nuestra familia, nuestro trabajo, la organización. Quiero seguir expandiéndola, llegar a más estudiantes. Quiero asegurarme de que nuestro legado, el legado de la gracia, vaya más allá de lo que hacemos aquí. Quiero crear algo que inspire a otros a continuarlo.

Ivelisse sonrió, con admiración en sus ojos.

—Sé exactamente a qué te refieres. Hemos llegado tan lejos, Óseas. Pero creo que esto es solo el comienzo. Creo en lo que estamos haciendo. Creo en nosotros.

Se quedaron en silencio, reflexionando sobre lo lejos que habían llegado. Y en ese momento tranquilo, envueltos en la calidez de su hogar, Oseas supo que lo mejor estaba por venir. Habían construido algo hermoso juntos, algo que ya estaba cambiando vidas. Ahora, era momento de dar el siguiente paso.

La Redencion De Un Padre

El cambio en el padre de Oseas, Héctor, fue sutil al principio. Años de resentimiento y decepción en la vida lo habían endurecido, pero empezaban a aparecer grietas. Todo comenzó la noche en que Oseas lo visitó después del servicio de Nochebuena, con Esperanza en sus brazos mientras estaba en el umbral de la puerta. Los ojos de Héctor se suavizaron al ver a su nieta, los mismos ojos que alguna vez miraron a Oseas con juicio e indiferencia.

Esperanza extendió sus manitas hacia él, sus dedos pequeños se movían en el aire. Héctor dudó antes de finalmente tomarla en sus brazos. Ella se rió mientras él la sostenía, su inocencia rompiendo las murallas que Héctor había construido a lo largo de las décadas.

—Has crecido, Oseas —dijo Héctor, con voz áspera, sin mirar a los ojos de su hijo. Pero no había enojo en su tono, solo un atisbo de algo más profundo— tal vez arrepentimiento o incluso anhelo.

Oseas sonrió, aunque su sonrisa estuvo teñida de tristeza.

—Tuve que hacerlo, papá. Y sigo aprendiendo. Pero creo... creo que hay espacio para que podamos resolver las cosas. Quiero que Esperanza conozca ambos lados de su familia.

Héctor no respondió de inmediato. En su lugar, observó a su nieta jugar con los botones de su camisa, su risa llenando la tranquila casa. Era un sonido que no había escuchado en años, y eso despertó algo en él, un recuerdo de cuando sostenía a Oseas cuando era bebé, cuando la vida parecía más sencilla.

—Tal vez es hora —dijo finalmente Héctor, su voz baja—. Hora de dejar ir el pasado.

Para Óseas, esas palabras fueron una pequeña victoria, pero llevaban el peso de décadas. Sabía que el camino hacia la reconciliación sería largo, pero era un comienzo.

Durante los meses siguientes, la transformación de Héctor se desarrolló como el lento giro de la marea. No fue inmediata ni dramática, pero fue constante, y Óseas lo notó en pequeños momentos inesperados.

Todo comenzó cuando Héctor empezó a hacer un esfuerzo mayor por asistir a los eventos familiares. Se presentaba en la iglesia los domingos por la mañana, sentado en el banco de atrás, escuchando en silencio el servicio. Aunque rara vez hablaba con alguien después, su presencia por sí sola hablaba mucho. Cuando Oseas lideraba la adoración desde el piano, los ojos de Héctor se detenían en su hijo, como si lo viera bajo una nueva luz. Ivelisse también lo notaba, a menudo viendo a Héctor limpiarse los ojos durante himnos particularmente conmovedores.

Una noche, después de la iglesia, cuando la familia se reunió para cenar en la casa de Oseas e Ivelisse, Héctor sorprendió a todos pidiendo decir la gracia. La sala se quedó en silencio mientras todas las miradas se dirigían hacia él, algunas escépticas, otras curiosas.

—Señor —comenzó Héctor, su voz temblando ligeramente—, gracias por reunirnos. Gracias por mi familia y por las segundas oportunidades. Sé que he cometido errores, pero agradezco la gracia que me has mostrado a través de ellos. Ayúdame a ser el padre y abuelo que ellos merecen. Amén.

Cuando terminó, no había un ojo seco en la mesa. Oseas sintió un nudo en la garganta mientras intercambiaba una mirada con Ivelisse, quien le dio un gesto de ánimo. Fue una oración simple, pero marcó un punto de inflexión en el camino de su familia hacia la sanación.

A pesar de sus intentos de estrechar lazos, Héctor todavía luchaba por expresar sus emociones abiertamente. Su amor salía a través de sus acciones, más que de sus palabras. Comenzó a presentarse sin previo aviso en la escuela de Oseas, llevándole el almuerzo o parándose a revisar su coche. Cuando Oseas le preguntaba por qué, Héctor encogía los hombros y murmuraba:

—Solo quería asegurarme de que estés bien.

Un día, Héctor ofreció cuidar a Esperanza mientras Oseas e Ivelisse asistían a un retiro de la iglesia. Aunque al principio dudaba, Óseas aceptó, sabiendo que era una oportunidad para que su padre se vinculara con su nieta. Cuando regresaron, encontraron a Héctor sentado en el suelo de la sala, rodeado de juguetes, con Esperanza dormida en su regazo.

—Tiene tu terquedad —dijo Héctor suavemente, acariciando el cabello de la niña—. No quería dormir hasta que jugué todos los juegos que se le ocurrieron.

Óseas se rió, pero su corazón se llenó de emoción al ver la escena. Por primera vez en años, vio a su padre como algo más que el hombre que lo había juzgado y rechazado. Vio a un hombre que estaba tratando, que estaba dispuesto a cambiar por el bien de su familia.

A medida que Héctor se acercaba más a la familia de Oseas, la tensión con su esposa, María, también comenzaba a aliviarse. Ella siempre había sido la pacificadora, alentando silenciosamente a Héctor a suavizar su corazón, pero ahora veía los frutos de sus oraciones y paciencia.

Una tarde, mientras la familia se reunía para un asado en el patio trasero de Oseas, María apartó a su esposo.

—Has cambiado —dijo ella, con voz llena de asombro—.

Héctor la miró, con expresión imperturbable.

—No pensé que pudiera —admitió—. Pero ver a Oseas... ver cómo ha construido una vida a pesar de todo lo que dije, a pesar de cómo lo traté... me hizo dar cuenta de que estaba equivocado. Estaba tan equivocado.

María le puso la mano sobre el brazo, con los ojos llenos de lágrimas.

—Nunca es tarde, Héctor. Y él ya te ha perdonado. Solo necesitas perdonarte a ti mismo.

Las palabras lo golpearon como un peso que se levantaba de su pecho. Asintió lentamente, su mirada desplazándose hacia donde Óseas jugaba con Esperanza en el jardín, su risa resonando como música.

La verdadera prueba de la transformación de Héctor llegó durante el banquete anual de padres y estudiantes de la escuela de Oseas, donde le iban a rendir homenaje por sus contribuciones como maestro. Oseas había invitado a ambos lados de su familia, pero no estaba seguro de si su padre asistiría. Para su sorpresa, Héctor no solo fue, sino que llegó vestido con su mejor traje, llevando un ramo de flores para su hijo.

Cuando Oseas subió al escenario para recibir su premio, Héctor se levantó y aplaudió más fuerte que nadie, con lágrimas corriendo por su rostro. Después de la ceremonia, lo abrazó fuertemente, sosteniéndolo como si fuera un largo momento.

—Estoy orgulloso de ti, hijo —susurró—. Siempre he estado orgulloso de ti. Solo que no sabía cómo demostrarlo.

Oseas sintió que sus propias lágrimas caían mientras abrazaba a su padre.

—Lo sé, papá. Y yo también estoy orgulloso de ti, por intentarlo, por estar aquí.

Fue un momento que ninguno de los dos olvidaría, un momento que marcó el comienzo de un nuevo capítulo en su relación.

Los cambios en Héctor tuvieron un efecto en cadena en toda la familia. Los hermanos de Oseas, que antes evitaban las reuniones familiares debido a la tensión, empezaron a asistir más a menudo. Las cenas familiares se convirtieron en una ocurrencia regular, llenas de risas, historias y el tipo de amor que antes parecía imposible.

Incluso en la iglesia, Héctor se involucró más, ofreciendo su ayuda en proyectos de mantenimiento e incluso uniéndose a un grupo de estudio bíblico. Su fe renovada y humildad inspiraron a otros, muchos de los cuales fueron testigos de su transformación de primera mano.

Para Oseas, fue un recordatorio del poder de la gracia, no solo la gracia que lo había salvado, sino la gracia que continuaba sanando y restaurando a su familia.

A medida que la vida familiar de Oseas florecía, también lo hacía su carrera. Se había convertido en una figura querida en su escuela, conocido no solo por su pasión por la historia, sino también por su capacidad para conectar con los estudiantes a nivel personal. Su aula era un espacio donde las mentes jóvenes se nutrían, donde los sueños se alentaban y donde cada estudiante se sentía visto y valorado.

Un día, la directora lo llamó a su oficina con emocionantes noticias.

—Óseas, la junta escolar ha aprobado fondos para un nuevo programa de mentoría, y no puedo pensar en nadie mejor para dirigirlo que tú —dijo ella—. Tu trabajo ha marcado una gran diferencia aquí, y queremos darte los recursos para expandirlo.

Óseas se sintió abrumado de gratitud. El programa le permitiría llegar a más estudiantes, ayudándolos a navegar sus propios caminos, tal como él había navegado el suyo.

Al salir de la oficina, su mente corría con ideas para el programa. Pensó en David, el estudiante que alguna vez dudó de sí mismo, pero que ahora se había convertido en uno de los mejores de la escuela. Pensó en todos los demás estudiantes que habían pasado por su puerta, cada uno cargando sus propias cicatrices, buscando su propia gracia.

Sueños Reavivados Y Corazones Alineados

Óseas se sentó al piano de cola, sus dedos deslizándose sin esfuerzo sobre las teclas de marfil. La melodía que llenaba el santuario era una que había tocado innumerables veces antes, pero esa noche, tenía un significado más profundo. Cada nota llevaba el peso de su viaje: las luchas, las victorias, los momentos en los que pensó que se rompería, y la gracia que lo había sostenido. El cálido resplandor de las luces de la iglesia se reflejaba en la madera pulida, proyectando suaves sombras a través de la sala.

Alguna vez había soñado con este momento. No con los aplausos ni con la admiración, sino con el sentimiento, la paz de saber que estaba exactamente donde debía estar. Cuando el último acorde resonó y se desvaneció en el silencio, dejó escapar un suspiro lento. Levantó la vista hacia la congregación, las personas que habían sido testigos de su historia, que habían orado por él, que habían visto su transformación.

Su madre estaba en la primera fila, sus manos entrelazadas, las lágrimas a punto de desbordarse de sus ojos. Ella había sido su ancla, su constante, la que susurraba palabras de fe cuando él dudaba de sí mismo. Nunca olvidaría las noches en que se sentaba junto a él, leyendo las escrituras, recordándole que fue creado con propósito. Ella había luchado por él de maneras que él nunca comprendería por completo. Y ahora, al ver el orgullo en sus ojos, sabía que cada sacrificio que ella había hecho había valido la pena.

Su padre también estaba allí, un hombre que una vez luchó por aceptarlo, que permitió que sus propios miedos e inseguridades crearán un muro entre ellos. Pero el tiempo tiene una manera de cambiar a las personas. Los años de silencio, de palabras no dichas, habían sido reemplazados por conversaciones cuidadosas, por momentos compartidos, por la reconstrucción lenta de un lazo que alguna vez pareció irreparable. Esa noche, por primera vez, Óseas vio algo diferente en la expresión de su padre: orgullo. Un orgullo callado y humilde que decía más que las palabras jamás podrían.

Y luego, estaba Ivelisse, el amor de su vida. Ella había estado a su lado a través de cada tormenta, no como alguien que trataba de arreglarlo, sino como alguien que lo veía completamente y lo amaba sin dudar. Su amor había sido puesto a prueba, fortalecido por las pruebas, y refinado por la fe. Ella le sonrió ahora, sus ojos brillando con una confianza tranquila, como si dijera, Lo logramos.

Después del servicio, las personas se agruparon a su alrededor, ofreciéndole palabras de aliento, abrazos y oraciones por su futuro. Sintió el peso de su amor, de su creencia en él. El niño que alguna vez se sintió un paria se había convertido en un hombre con propósito, con un llamado. En solo unos meses, se graduaría y daría un paso hacia su sueño de convertirse en maestro de historia mundial. Había pasado años preguntándose si era suficiente, si sus cicatrices lo definirían. Pero ahora, sabía la verdad: sus cicatrices no eran su vergüenza; eran su testimonio.

Cuando la brisa de la tarde acarició su rostro, salió al exterior, el cielo un vasto lienzo de estrellas que se extendía infinitamente sobre él. Respiró profundamente, cerrando los ojos por un momento. Pensó en los momentos en los que cuestionó a Dios, cuando preguntó, ¿Por qué? ¿Por qué había nacido de esta manera? ¿Por qué había enfrentado tanto rechazo? Pero ahora, al estar del otro lado de esas luchas, entendía. Cada dificultad lo había formado. Cada prueba lo había preparado para este momento.

"Porque yo sé los planes que tengo para ustedes", declara el Señor, "planes para prosperarlos y no para perjudicarlos, planes para darles esperanza y un futuro." (Jeremías 29:11)

Abrió los ojos, sintiendo el peso de esas palabras asentarse en su corazón. Primero se giró hacia su madre, abrazándola con fuerza.

"Gracias," susurró.

Ella lo abrazó con fuerza, como si nunca quisiera soltarlo.

Luego, se enfrentó a su padre. El hombre que alguna vez luchó por mostrar su amor ahora lo miraba con palabras no dichas escritas en sus ojos. Después de un momento, su padre dio un paso adelante, colocando una mano firme sobre su hombro.

"Estoy orgulloso de ti, hijo," dijo, su voz firme. "Más de lo que sabes."

Oseas sintió que algo cambiaba en ese momento, algo que había estado años en proceso. El anhelo por la aprobación de su padre, el dolor de sentirse invisible, todo se derritió. Ambos habían sido redimidos a su manera.

Ivelisse se unió a él, metiendo su mano en la suya. Él se giró hacia ella, viendo su futuro en sus ojos. Ella siempre había sido parte del plan: Dios la había puesto en su vida en el momento exacto. Caminaron juntos por las escaleras de la iglesia, el aire nocturno envolviéndolos como una promesa tranquila.

Miró hacia atrás, hacia la iglesia, hacia las personas que lo habían formado, hacia la familia que había estado a su lado. Sonrió, con una sonrisa profunda y satisfecha.

Caminaron lentamente por las calles tranquilas, de la mano, reflexionando sobre el viaje que los había llevado hasta allí. Oseas compartió historias de su infancia, de los días cuando se sentía perdido, de los momentos cuando dudaba que podría lograrlo. Ivelisse lo escuchó, su presencia una constante reafirmación de que él nunca estuvo solo.

Llegaron al pequeño parque cerca de su casa, el mismo parque en el que él se había sentado de niño, mirando al cielo, preguntándose qué le depararía el futuro. Se sentó en el banco, pasando sus dedos por la madera desgastada.

"Solía venir aquí cuando me sentía invisible," admitió.

Ivelisse se sentó a su lado, apoyando su cabeza sobre su hombro. "¿Y ahora?" preguntó suavemente.

Exhaló lentamente. "Ahora, sé que nunca fui invisible. Dios me vio incluso cuando yo no podía verme a mí mismo."

Ella tomó su mano, apretándola suavemente. "Él siempre tuvo un plan para ti."

Asintió, mirando el anillo en su dedo, una promesa de su futuro juntos.

"Y ahora, yo también tengo un plan. Enseñar, inspirar, amar y vivir con propósito."

Se sentaron en silencio, escuchando el susurro del viento entre los árboles, las hojas moviéndose con los ecos del pasado. Las estrellas sobre ellos brillaban, cada una un recordatorio de la luz que lo había guiado a través de la oscuridad.

"No cambiaría ni una sola cosa," dijo, su voz firme.

Porque cada cicatriz lo había llevado hasta aquí. Y aquí, rodeado de amor, de propósito, de la gracia interminable de Dios, era exactamente donde debía estar.